古红歌

湘西苗族
民间传统文化丛书
[第二辑]

石寿贵 ◎ 编

中南大学出版社
www.csupress.com.cn

出版说明

罗康隆

少数民族文化是中华民族宝贵的文化遗产，是中华文化的重要组成部分，是各民族在几千年历史发展进程中创造的重要文明成果，具有丰富的内涵。搜集、整理、出版少数民族文化丛书，不仅可以为学术研究提供真实可靠的文献资料，同时对继承和发扬各民族的优秀传统文化，振奋民族精神，增强民族团结，促进各民族的发展繁荣，意义深远。随着全球化趋势的加强和现代化进程的加快，我国的文化生态发生了巨大变化，非物质文化遗产受到越来越大的冲击。一些文化遗产正在不断消失，许多传统技艺濒临消亡，大量有历史、文化价值的珍贵实物与资料遭到毁弃或流失境外。加强我国非物质文化遗产的保护已经刻不容缓。

苗族是中华民族大家庭中较古老的民族之一，是一个历史悠久且文化内涵独特的民族，也是一个久经磨难的民族。纵观其发展历史，是一个不断迁徙与适应新环境的历史发展过程，也是一个不断改变旧生活环境、适应新生活环境的发展历程。迁徙与适应是苗族命运的历史发展主线，也是造就苗族独特传统文化与坚韧民族精神的起源。由于苗族没有自己独立的文字，其千百年来的历史和精神都是通过苗族文化得以代代相传的。苗族传统文化在发展的过程中经历的巨大的历史社会变迁，在一定程度上影响了苗族传统文化原生态保存，这也就使对苗族传统文化的抢救成了一个迫切问题。在实际情况中，其文化特色也是十分丰富生动的。一方面，苗族人民的口头文学是极其发达的，比如内容繁多的传说与民族古歌，是苗族人民世世代代的生存、奋斗、探索的总结，更是苗族人民生活的百科全书。苗族的大量民间传说也是苗族民间文学的重要组成部分，它所蕴含的理论价值体系是深深植入苗族社会的生产、生活中的。另一方面，苗族文化中的象形符号文化也是极其发达的，这些符号成功地传递了苗族文化的信息，从而形成了苗族文化体系的又一特点。苗族人民的生活实践也是苗族传统文化产生的又一来源，形成了一整套的文化生成与执行系统，使苗族人民的文化认同感和族群意识凸显。传统文化存在的意义是一种文化多元性与文化生态多样性的有机结合，对苗族文化的保护，首先就要涉及对苗族民间传统文化的保护。

《湘西苗族民间传统文化丛书》立足苗族东部方言区，从该方言区苗族民间传统文化的原生性出发，聚焦该方言区苗族的独特文化符号，忠实地记录了该方言区苗族的文化事实，着力呈现该方言区苗族的生态、生计与生命形态，揭示出该方言区苗族的生态空间、生产空间、生活空间与苗族文化的相互作用关系。

本套丛书的出版将会对湘西苗族民间传统文化艺术的抢救和保护工作提供指导，也会为民间传统文化艺术的学术理论研究提供有益的帮助，促进民间艺术传习进入学术体系，朝着高等研究体系群整合研究方向发展；其出版将会成为铸牢中华民族共同体意识的文化互鉴素材，成为我国乡村振兴在湘西地区落实的文化素材，成为人类学、民族学、社会学、民俗学等学科在湘西地区的研究素材，成为我国非物质文化遗产——苗族巴代文化遗产保护的宝库。

（作者系吉首大学历史与文化学院院长、湖南省苗学学会第四届会长）

总 序

刘昌刚

　　苗族是一个古老的民族，也是一个世界性的民族。据 2010 年第六次全国人口普查统计，我国苗族有 940 余万人，主要分布在贵州、湖南、云南、四川、广西、湖北、重庆、海南等省区市；国外苗族约有 300 万人，主要分布于越南、老挝、泰国、缅甸、美国、法国、澳大利亚等国家。

一

　　《苗族通史》导论记载：苗族，自古以来，无论是在文臣武将、史官学子的奏章、军录和史、志、考中，还是在游侠商贾、墨客骚人的纪行、见闻和辞、赋、诗里，都被当成一个神秘的"族群"，或贬或褒。在中国历史的悠悠长河中，苗族似一江春水时涨时落，如梦幻仙境时隐时现，整个苗疆，就像一本无字文书，天机不泄。在苗族人生活的大花园中，有着宛如仙境的武陵山、缙云山、梵净山、织金洞、九龙洞以及花果山水帘洞似的黄果树大瀑布等天工杰作；在苗族的民间故事里，有着极古老的蝴蝶妈妈、枫树娘娘、竹简兄弟、花莲姐妹等类似阿凡提的美丽传说；在苗族的族群里，嫡传着槃瓠(即盘瓠)后世、三苗五族、夜郎子民、楚国臣工；在苗族的习尚中，保留着八卦占卜、易经卜算、古傩祭祀、老君法令和至今仍盛行着的苗父医方、道陵巫术、三峰苗拳……在这个盛产文化精英的民族中，走出了蓝玉、沐英、王宪章等声震全国的名将，还诞生了熊希龄、滕代远、沈从文等政治家、文学家、教育家。闻一多在《伏羲考》一文中认为延维或委蛇指伏羲，是南方苗之神。远古时期居住在东南方的人统称为夷，伏羲是古代夷部落的大首领。苗族人民中确实流传着伏羲和女娲的传说，清初陆次云的《峒溪纤志》载："苗人腊祭曰报草。祭用巫，设女娲、伏羲位。"历史学家芮逸夫在《人类学集刊》上发表的《苗族洪水故事与伏羲、女娲的传说》中说："现代的人类学者经过实地考察，才得到这是苗族传说。据此，苗族全出于伏羲、女娲。他们本为兄妹，遭遇洪水，人烟断绝，仅此二人存。他们在盘古的撮合下，结为夫妇，绵延人类。"闻一多还写过《东皇太一考》，经他考证，苗族里的伏羲就是《九歌》里的东皇太一。

《中国通史》(范文澜著，人民出版社 1981 年版第 1 册第 19 页)载："黄帝族与炎帝族，又与夷族、黎族、苗族的一部分逐渐融合，形成春秋时期称为华族、汉以后称为汉族的初步基础。"远古时代就居住在中国南方的苗、黎、瑶等族，都有传说和神话，可是很少见于记载。一般说来，南方各族中的神话人物是"槃瓠"。三国时徐整作《三五历纪》吸收"槃瓠"入汉族神话，"槃瓠"衍变成开天辟地的盘古氏。

在历史上，苗族为了实现民族平等，屡战屡败，但又屡败屡战，从不屈服。苗族有着悠久、灿烂的文化，为中华文化的形成和发展做出了巨大贡献，在不同的历史阶段，涌现出了许多可歌可泣的英雄人物。

苗族不愧为中华民族中的一个伟大民族，苗族文化是苗族几千年的历史积淀，其丰厚的文化底蕴成就了今天这部灿烂辉煌的历史巨著。苗族确实是一个灾难深重的民族，却又是一个勤劳、善良、富有开拓性与创造性的伟大民族。苗族还是一个世界性的民族，不断开拓和创造着新的历史文化。

历史上公认的是，九黎之苗时期的五大发明是苗族对中国文化的原创性贡献。盛襄子在其《湖南苗史述略·三苗考》中论述道："此族(苗族)为中国之古土著民族，曾建国曰三苗。对于中国文化之贡献约有五端：发明农业，奠定中国基础，一也；神道设教，维系中国人心，二也；观察星象，开辟文化园地，三也；制作兵器，汉人用以征伐，四也；订定刑罚，以辅先王礼制，五也。"

苗族历史可以分为五个时期：先民聚落期(原始社会时期)、拓土立国期(九黎时期至公元前 223 年楚国灭亡)、苗疆分理期(公元前 223 年楚国灭亡至 1873 年咸同起义失败)、民主革命期(1873 年咸同起义失败到 1949 年中华人民共和国成立)、民族区域自治期(1949 年中华人民共和国成立至今)。相应地，苗族历史文化大致也可以分为五个时期，且各个时期具有不尽相同的文化特征：第一期以先民聚落期为界，巫山人进化成为现代智人，形成的是原始文化，即高庙文明初期；第二期以九黎、三苗、楚国为标志，属于苗族拓土立国期，形成的是以高庙文明为代表的灿烂辉煌的苗族原典文化；第三期是以苗文化为母本，充分吸收了诸夏文化，特别是儒学思想形成高庙苗族文化；第四期是苗族历史上的民主革命期(1872年咸同起义失败到1949年中华人民共和国成立)，形成了以苗族文化为母本，吸收了电学、光学、化学、哲学等基本内容的东土苗汉文化与西洋文化于一体的近现代苗族文化；第五期是苗族进入民族区域自治期(1949年中华人民共和国成立至今)，此期形成的是以苗族文化为母本，进一步融合传统文化、西方文化、当代中国先进文化的当代苗族文化。

二

苗族是我国一个古老的人口众多的民族，又是一个世界性的民族。她以其悠久的历史和深厚的文化而著称于世，传承着历史文化、民族精神。由田兵主编的《苗族古歌》，马学良、今旦译注的《苗族史诗》，龙炳文整理译注的《苗族古老话》，是苗族古代的编年史和苗族百科全书，也是苗族最主要的哲学文献。

距今7800—5300年的高庙文明所包含的不仅是一个高庙文化遗址，其同类文化遍布亚洲大陆，其中期虽在建筑、文学和科技等方面不及苏美尔文明辉煌，却比苏美尔文明早2300年，初期文明程度更高，后期又不像苏美尔文明那样中断，是世界上唯一一直绵延不断、发展至今，并最终创造出辉煌华夏文明的人类文明。在高庙文化区域的常德安乡县汤家岗遗址出土有蚩尤出生档案记录盘。

苗族人民口耳相传的"苗族古歌"记载了祖先"蝴蝶妈妈"及蚩尤的出生：蝴蝶妈妈是从枫木心中变出来的。蝴蝶妈妈一生下来就要吃鱼，鱼在哪里？鱼在继尾池。继尾古塘里，鱼儿多着呢！草帽般大的瓢虫，仓柱般粗的泥鳅，穿枋般大的鲤鱼。这里的鱼给她吃，她好喜欢。一次和水上的泡沫"游方"(恋爱)怀孕后生下了12个蛋。后经鹤宇鸟(有的也写成鸡宇鸟)悉心孵养，12年后，生出了雷公、龙、虎、蛇、牛和苗族的祖先姜央(一说是龙、虎、水牛、蛇、蜈蚣、雷和姜央)等12个兄弟。

《山海经·卷十五·大荒南经》中也记载了蚩尤与枫树以及蝴蝶妈妈的不解之缘："有宋山者，有赤蛇，名曰育蛇。有木生山上，名曰枫木。枫木，蚩尤所弃其桎梏，是为枫木。有人方齿虎尾，名曰祖状之尸。"姜央是苗族祖先，蝴蝶自然是苗族始祖了。

澳大利亚人类学家格迪斯说过:"世界上有两个苦难深重而又顽强不屈的民族,他们就是中国的苗族和分散在世界各地的犹太民族。"诚如所言,苗族是一个灾难深重而又自强不息的民族。唯其灾难深重,才能在磨砺中锤炼筋骨,迸发出民族自强不屈的魂灵,撰写出民族文化的鸿篇巨制。近年来,随着国家民族政策的逐步完善,对寄寓在民族学大范畴下的民族历史文化研究逐步深入,苗族作为我国少数民族百花园中的重要一支,其悠远、丰厚的历史足迹与文化遗址逐渐为世人所知。

苗族口耳相传的古歌记载,苗族祖先曾经以树叶为衣、以岩洞或树巢为家、以女性为首领。从当前一些苗族地区的亲属称谓制度中,也可以看出苗族从母权制到父权制、从血缘婚到对偶婚的演变痕迹。诸如此类的种种佐证材料,无不证明着苗族的悠远历史。苗族祖先凭借优越的地理条件,辛勤开拓,先后发明了冶金术和刑罚,他们团结征伐,雄踞东方,强大的部落联盟在史书上被冠以"九黎"之称。苗族历史上闪耀夺目的九黎部落首领是战神蚩尤,他依靠坚兵利甲,纵横南北,威震天下。但是,蚩尤与同时代的炎黄部落逐鹿中原时战败,从此开启了漫长的迁徙逆旅。

总体来看,苗族的迁徙经历了从南到北、从北到南、从东到西、从大江大河到小江小河,乃至栖居于深山老林的迁徙轨迹。五千年前,战败的蚩尤部落大部分南渡黄河,聚集江淮,留下先祖渡"浑水河"的传说。这一支经过休养生息的苗族先人汇聚江淮,披荆斩棘,很快就一扫先祖战败的屈辱和阴霾,组建了强大的三苗集团。然而,历史的车轮总是周而复始的,他们最终还是不敌中原部落的左右夹攻,他们中的一部分到达西北并随即南下,进入川、滇、黔边区。三苗主干则被流放崇山,进入鄱阳湖、洞庭湖腹地,秦汉以来不属王化的南蛮主支蔚然成势。夏商春秋战国乃至秦汉以降的历代正史典籍,充斥着云、贵、湘地南蛮不服王化的"斑斑劣迹"。这群发端于蚩尤的苗族后裔,作为中国少数民族的重要代表,深入武陵山脉心脏,抱团行进,男耕女织,互为凭借,势力强大,他们被封建统治阶级称为武陵蛮。据史料记载,东汉以来对武陵蛮的刀兵相加不可胜数,双方各有死伤。自晋至明,苗族在湖北、河南、陕西、云南、江西、湖南、广西、贵州等地辗转往复,与封建统治者进行了长期艰苦卓绝的不屈斗争。清朝及民国,苗族驻扎在云南的一支因战火而大量迁徙至滇西边境和东南亚诸国,进而散发至欧洲、北美、澳大利亚。

苗族遂成为一个世界性的民族!

三

苗族同胞在与封建统治者长期的争夺征战中，不断被压缩生存空间，又不断拓展生存空间，从而形成了其民族极为独特的迁徙文化现象。苗族历史上没有文字，却保存有大量的神话传说，他们有感于迁徙繁衍途中的沧桑征程，对天地宇宙产生了原始朴素的哲理认知。每迁徙一地，他们都结合当地实际，丰富、完善本民族文化内涵，从而形成了系列以"蝴蝶""盘瓠""水牛""枫树"为表象的原始图腾文化。苗族虽然没有文字，却有丰富的口传文化，这些口传文化经后人整理，散见于贵州、湖南等地流传的《苗族古歌》《苗族古老话》《苗族史诗》等典籍，它们承载着苗族后人对祖先口耳相传的族源、英雄、历史、文化的再现使命。

苗族迁徙的历程是艰辛、苦难的，迁徙途中的光怪陆离却是迷人的。他们善于从迁徙途中寻求生命意义，又从苦难中构建人伦规范，他们赋予迁徙以非同一般的意义。他们充分利用身体、语言、穿戴、图画、建筑等媒介，表达对天地宇宙的认识、对生命意义的理解、对人伦道德的阐述、对生活艺术的想象。于是，基于迁徙现象而产生的苗族文化便变得异常丰富。苗族将天地宇宙挑绣在服饰上，得出了天圆地方的朴素见解；将历史文化唱进歌声里，延续了民族文化一以贯之的坚韧品性；将跋涉足迹画在了岩壁上，应对苦难能始终奋勇不屈。其丰富的内涵、奇特的形式、隐忍的表达，成为这个民族独特的魅力，成为这个民族极具异禀的审美旨趣。从这个层面扩而大之，苗族的历史文化，便具备了一种神秘文化的潜在魅力与内涵支撑。苗族神秘文化最为典型的表现是巴代文化现象。从隐藏的文化内涵因子分析来看，巴代文化实则是苗族生存发展、生产生活、伦理道德、物质精神等文化现象的活态传承。

苗族丰富的民族传奇经历造就了其深厚的历史文化，但其不羁的民族精神又使得这个民族成为封建统治者征伐打压的对象。甚至可以说，一部封建史，就是一部苗族的压迫屈辱史。封建统治者压迫苗族同胞惯用的手段，一是征战屠杀，二是愚昧民众，历经千年演绎，苗族同胞之于本民族历史、祖先伟大事功，慢慢忽略，甚至抹杀性遗忘。

一个伟大民族的悲哀莫过于此！

四

历经苦难，走向辉煌。中华人民共和国成立后，得益于党的民族政策，苗族与全国其他少数民族一样，依托民族区域自治法，组建了系列具有本民族特色的少数民族自治机构，千百年被压在社会底层的苗族同胞，翻身当家做主人，他们重新直面苗族的历史文化，系统挖掘、整理、提升本民族历史文化，切实找到了民族的历史价值和民族文化自信。贵州和湖南湘西武陵山区一带，自古就是封建统治阶级口中的"武陵蛮"的核心区域。这一块曾经被统治阶级视为不毛之地的蛮荒地区，如今得到了国家的高度重视，中央整合武陵山片区4省市71个县市，实施了武陵山片区扶贫攻坚战略。作为国家区域大扶贫战略中的重要组成部分，武陵山区苗族同胞的脱贫发展牵动着党中央、国务院关注的目光。武陵山区苗族同胞感恩党中央，激发内生动力，与党中央同步共振，掀起了一场轰轰烈烈的脱贫攻坚世纪大战。

苗族是湘西土家族苗族自治州两大主体民族之一，要推进湘西发展，当前基础性的工作就是要完成两大主体民族脱贫攻坚重点工作，自然，苗族承担的历史使命责无旁贷。在这样的语境下，推进湘西发展、推进苗族聚集区同胞脱贫致富，就是要充分用好、用活苗族深厚的历史文化资源，以挖掘、提升民族文化资源品质，提升民族文化自信心；要全面整合苗族民族文化资源精华，去芜存菁，把文化资源转化为现实生产力，服务于我州经济社会的发展。

正是贯彻这样的理念，湘西土家族苗族自治州立足少数民族自治地区的民族资源特色禀赋，提出了生态立州、文化强州的发展理念，围绕生态牌、文化牌打出了"全域旅游示范区建设""国内外知名生态文化公园"系列组合拳，民族文化旅游业蓬勃发展，民族地区脱贫攻坚工作突飞猛进。在具体操作层面，州委、州政府提出了以"土家探源""神秘苗乡"为载体、深入推进我州文化旅游产业发展的口号，重点挖掘和研究红色文化、巫傩文化、苗疆文化、土司文化。基于此，州政协按照服务州委、州政府中心工作和民生热点难点的履职要求，组织相关专家学者，联合相关出版机构，在申报重点课题的基础上，深度挖掘苗族历史文化，按课题整理、出版苗族历史文化丛书。

人类具有社会属性，所以才会对神话故事、掌故、文物和文献进行著录和收传。以民族出版社出版、吴荣臻主编的五卷本《苗族通史》和贵州民族出版社出版的《苗族古歌》系列著作为标志，苗学研究进入了一个新的历史时期。

湘西土家族苗族自治州政协组织牵头的《湘西苗族民间传统文化丛书》记载了苗疆文化的主要内容，是苗族文化研究的重要成果。它不但整理译注了浩如烟海的有关苗疆的历史文献，出版了史料文献丛书，还记录整理了苗族人民口传心录的苗族古歌系列、巴代文化系列等珍贵资料，并展示了当代文化研究成果。

　　党的十八大以来，以习近平同志为核心的党中央，以"一带一路"倡议为抓手，不断推进人类命运共同体建设，以实现中华民族伟大复兴的中国梦为目标，不断推进理论自信、道路自信、制度自信和文化自信。没有包括苗族文化在内的各个少数民族文化的复兴，也不会有完全的中华民族伟大复兴。

　　因此，从苗族历史文化中探寻苗族原典文化，发现新智慧、拓展新路径，从而提升民族文化自信力，服务湘西生态文化公园建设，推进精准扶贫、精准脱贫，实现乡村振兴，进而实现湘西现代化建设目标，善莫大焉！

　　此为序！

2018 年 9 月 5 日

专家序一

掀起湘西苗族巴代文化的神秘面纱

汤建军

2017 年 9 月 7 日，根据中共湖南省委安排，我在中共湘西州委做了题为"砥砺奋进的五年"的形势报告。会后，在湘西州社科联谭必四主席的陪同下，考察了一直想去的花垣县双龙镇十八洞村。出于对民族文化的好奇，考察完十八洞村后，我根据中共湖南省委网信办在花垣县挂职锻炼的范东华同志的热诚推荐，专程拜访了苗族巴代文化奇人石寿贵老先生，参观其私家苗族巴代文化陈列基地。石寿贵先生何许人也？花垣县双龙镇洞冲村人。他是本家祖传苗师"巴代雄"第 32 代掌坛师、客师"巴代扎"第 11 代掌坛师、民间正一道第 18 代掌坛师。石老先生还是湘西州第一批命名的"非物质文化遗产(以下简称'非遗')保护"名录"苗老司"代表性传承人、湖南省第四批"非遗"名录"苗族巴代"代表性传承人、吉首大学客座教授、中国民俗学会蚩尤文化研究基地蚩尤文化研究会副会长、巴代文化学会会长。他长期从事巴代文化、道坛丧葬文化、民间习俗礼仪文化等苗族文化的挖掘搜集、整编译注及研究传承工作。一直以来，他和家人，动用全家之财力、物力和人力，经过近 50 年的全身心投入，在本家积累 32 代祖传资料的基础上，又走访了贵州、四川、湖北、湖南、重庆等周边 20 多个县市有名望的巴代坛班，通过本家厚实的资料库加上广泛搜集得来的资料，目前已整编译注出 7 大类 76 本

2500 多万字及 4000 余幅仪式彩图的《巴代文化系列丛书》,且准备编入《湘西苗族民间传统文化丛书》进行出版。这 7 大类 76 本具体包括:第一类,基础篇 10 本;第二类,苗师科仪 20 本;第三类,客师科仪 10 本;第四类,道师科仪 5 本;第五类,侧记篇 4 本;第六类,苗族古歌 14 本;第七类,历代手抄本扫描 13 本。除了书稿资料以外,石寿贵先生还建立起了 8000 多分钟的仪式影像、238 件套的巴代实物、1000 多分钟的仪式音乐、此前他人出版的有关苗族巴代民俗的藏书 200 余册以及包括一整套待出版的《湘西苗族民间传统文化丛书》在内的资料档案。此前,他还主笔出版了《苗族道场科仪汇编》《苗师通书诠释》《湘西苗族古老歌话》《湘西苗族巴代古歌》四本著作。其巴代文化研究基地已建立起巴代文化的三大仪式、两大体系、八大板块、三十七种类苗族文化数据库,成为全国乃至海内外苗族巴代文化资料最齐全系统、最翔实厚重、最丰富权威的亮点单位。"苗族巴代"在 2016 年 6 月入选第四批湖南省"非遗"保护名录。2018 年 6 月,石寿贵老先生获批为湖南省第四批非物质文化遗产保护项目"苗族巴代"代表性传承人。

走进石寿贵先生的巴代文化挖掘搜集、整编译注、研究及陈列基地,这是一栋两层楼的陈列馆,没有住人,全部都是用来作为巴代文化资料整编译注和陈列的。一楼有整编译注工作室和仪式影像投影室等,中堂为有关图片及字画陈列,文化气息扑面而来。二楼分别为巴代实物资料、文字资料陈列室和仪式腔调录音室及仪式影像资料制作室等,其中 32 个书柜全都装满了巴代书稿和实物,真可谓书山文海、千册万卷、博大精深、琳琅满目。

石老先生所收藏和陈列的巴代文化各种资料、物件和他本人的研究成果极大地震撼了我们一行人。我初步翻阅了石老先生提供的《湘西苗族巴代揭秘》一书初稿,感觉这些著述在中外学术界实属前所未闻、史无前例、绝无仅有。作者运用独特的理论体系资料、文字体系资料以及仪式符号体系资料等,全面揭露了湘西苗族巴代的奥秘,此书必将为研究苗族文化、苗族巴代文化学和中国民族学、民俗学、民族宗教学以及苗族地区摄影专家、民族文化爱好者提供线索、搭建平台与铺设道路。我当即与湘西州社科联谭必四主席商量,建议他协助和支持石老先生将《湘西苗族巴代揭秘》一书申报湖南省社科普及著作出版资助。经过专家的严格评选,该书终于获得了出版资助,在湖南教育出版社得到出版。因为这是一本在总体上全面客观、科学翔实、通俗形象地介绍苗族巴代及其文化的书,我相信此书一定会成为广大读者喜闻喜阅、喜欣喜爱的书,一定能给苗族历代祖先以慰藉,一定能更好地传播苗民族文化精华,一定能深入弘扬中华民族优秀传统文化。

2017年12月6日，我应邀在中南大学出版社宣讲党的十九大精神时，结合如何策划选题，重点推介了石寿贵先生的苗族巴代文化系列研究成果，希望中南大学出版社在前期积累的基础上，放大市场眼光，挖掘具有民族特色的文化遗产，积极扶持石老先生巴代文化成果的出版。这个建议得到了吴湘华社长及其专业策划团队的高度重视。2018年1月30日，国家出版基金资助项目公示，由中南大学出版社挖掘和策划的石寿贵编著的《巴代文化系列丛书》中的10本作为第一批《湘西苗族民间传统文化丛书》入选。该丛书以苗族巴代原生态的仪式脚本(包括仪式结构、仪式程序、仪式形态、仪式内容、仪式音乐、仪式气氛、仪式因果等)记录为主要内容，原原本本地记录了苗师科仪、客师科仪、道师绕棺戏科仪以及苗族古歌、巴代历代手抄本扫描等脚本资料，建立起了科仪的文字记录、图片静态记录、影像动态记录、历代手抄本文献记录、道具法器实物记录等资料数据库，是目前湘西苗族地区种类较为齐全、内容翔实、实物彩图丰富生动的原生态民间传统资料，充分体现了苗族博大精深、源远流长的文化内涵和艺术价值，对今后全方位、多视角、深层次研究苗族历史文化有着极其重要的价值和深远的意义。

从《湘西苗族民间传统文化丛书》中所介绍的内容来看，可以说，到目前为止，这套丛书是有关领域中内容最系统翔实、最丰富完整、最难能可贵的资料了。此套书籍如此广泛深入、全面系统、尽数囊括、笼统纳入，实为古今中外之罕见，堪称绝无仅有、弥足珍贵，也是有史以来对苗族巴代文化的全面归纳和科学总结。我想，这既是石老先生和他的祖上及其家眷以及政界、学界、社会各界对苗族文化的热爱、执着、拼搏、奋斗、支持、帮助的结果，也体现出了石寿贵老先生对苗族文化所做出的巨大贡献。这套丛书将成为苗族传统文化保护传承、研究弘扬的新起点和里程碑。用学术化的语言来说，这300余种巴代科仪就是巴代历代以来所主持苗族的祭祀仪式、习俗仪式以及各种社会活动仪式的具体内容。但仪式所表露出来的仅仅只是表面形式而已，更重要的是包含在仪式里面的文化因子与精神特质。关于这一点，石寿贵老先生在丛书中也剖析得相当清晰，他认为巴代文化的形成是苗族文化因子的作用所致。他认为：世界上所有的民族和教派都有不同于其他民族的文化因子，比如佛家的因果轮回、慈善涅槃、佛国净土，道家的五行生克、长生久视、清静无为，儒家的忠孝仁义、三纲五常、齐家治国，以及纳西族的"东巴"、羌族的"释比"、东北民族的"萨满"、土家族的"梯玛"等，无不都是严格区别于其他民族或教派的独特文化因子。由某个民族文化因子所产生出来的文化信念，在内形成了该民族的观念、性格、素质、气节和精神，在外则形成了该民族的风格、习俗、形象、身份和标志。通过内外因素的共同作用，形成支撑该民族生生不息、发展壮大、繁荣富强的不竭动力。苗族巴代文化的核心理念是人类的"自我不灭"真性，在这一文化因子的影响下，形成了"自我崇拜"或"崇拜自我、维护自我、服务自我"的人类生存哲学体系。这种理论和实践体现在苗师"巴代雄"祭祀仪式的方方面面，比如上供时所说的"我吃你吃，我喝你喝"。说过之后，还得将供品一滴不漏地吃进口中，意思为我吃就是我的祖先吃，我喝就是我的祖先喝，我就是我的祖先，我的祖先就是我，祖先虽亡，但他的血液在我的身上流淌，他的基因附在我的身上，祖先的化身就是当下的我，并且一直延续到永远，这种自我真性没有被泯灭掉。同时，苗师"巴代雄"所祭祀的对象既不是木偶，也不是神像，更不是牌位，而是活人，是舅爷或德高望重的活人。这种祭祀不同于汉文化中的灵魂崇拜、鬼神崇拜或自然崇拜，而是实实在在的、活生生的自我崇拜。这就是巴代传承古代苗族主流文化(因子)的内在实质和具体内容。无怪乎如来佛祖降生时一手指天，一手指地，所说的第一句话就是："天上地下，唯我独尊。"佛祖所说的这个"我"，指的绝非本人，而是宇宙间、世界上的真性自我。

石老先生认为，从生物学的角度来说，世界上一切有生命的动植物的活动都是维护自我生存的活动，维护自我毋庸置疑。从人类学的角度来说，人类的真性自我不生不灭，世间人类自身的一切活动都是围绕有利于自我生存和发展这个主旨来开展的，背离了这个主旨的一切活动都是没有任何价值和意义的活动。从社会科学的角度来说，人类社会所有的科普项目、科学文化，都是从有利于人类自我生存和发展这个主题来展开的，如果离开了这条主线，科普也就没有了任何价值和意义。从人类生存哲学的角度来说，其主要的逻辑范畴，也是紧紧地把握人类这个大的自我群体的生存和发展目标去立论拓展的，自我生存成为最大的逻辑范畴;从民族学的角度来说，每个要维护自己生生不息、发展壮大的民族，都要有自己强势优越、高超独特、先进优秀的文化来作支撑，而要得到这种文化支撑的主体便是这个民族大的自我。

石老先生还说，从维护小的生命、个体的小自我到维护大的人类、群体的大自我，是生物世界始终都绕不开的总话题。因而，自我不灭、自我崇拜或崇拜自我、服务自我、维护自我，在历史上早就成为巴代文化的核心理念。正是苗师"巴代雄"所奉行的这个"自我不灭论"宗旨教义，所行持的"自我崇拜"的教条教法，涵盖了极具广泛意义的人类学、民族学以及哲学文化领域中的人类求生存发展、求幸福美好的理想追求。也正是这种自我真性崇拜的文化因子，才形成了我们的民族文化自信，锻造了民族的灵魂素质，成就了民族的精神气节，才能坚定民族自生自存、自立自强的信念意识，产生出民族生生不息、发展壮大的永生力量。这就充分说明，苗族的巴代文化，既不是信鬼信神的巫鬼文化，也不是重巫尚鬼的巫傩文化，而是从基因实质的文化信念到灵魂素质、意识气魄的锻造殿堂，是彻头彻尾的精神文化，这就是巴代文化和巫鬼文化、巫傩文化的本质区别所在。

乡土的草根文化是民族传统文化体系的基因库，只要正向、确切、适宜地打开这个基因库，我们就能找到民族的根和魂，感触到民族文化的神和命。巴代作为古代苗族主流文化的传承者，作为一个族群社会民众的集体意识，作为支撑古代苗族生存发展、生生不息的强大的精神支柱和崇高的文化图腾，作为苗族发展史、文明史曾经的符号，作为中华民族文化大一统中的亮丽一簇，很少被较为全面系统、正向正位地披露过。

巴代是古代苗族祭祀仪式、习俗仪式、各种社会活动仪式这三大仪式的主持者，更是苗族主流文化的传承者。因为苗族在历史上频繁迁徙、没有文字、不属王化，封闭保守等因素，再加上历史条件的限制与束缚，为了民族的生存和发展，苗族先人机灵地以巴代所主持的三大仪式为本民族的显性文化表象，来传承苗族文化的原生基因、本根元素、全准信息等这些只可意会、不可言传的隐性文化实质。又因这三大仪式的主持者叫巴代，故其所传承、主导、影响的苗族主流文化又被称为巴代文化，巴代也就自然而然地成为聚集古代苗族的哲学家、法学家、思想家、社会活动家、心理学家、医学家、史学家、语言学家、文学家、理论家、艺术家、易学家、曲艺家、音乐家、舞蹈家、农业学家等诸大家之精华于一身的上层文化人，自古以来就一直受到苗族人民的信任、崇敬和尊重。

巴代文化简单说来就是三大仪式、两大体系、八大板块和三十七种文化。其包括了苗族生存发展、生产生活、伦理道德、物质精神等从里到表、方方面面、各个领域的文化。巴代文化必定成为有效地记录与传承苗族文化的大乘载体、百科全书以及活态化石，必定成为带领苗族人民从远古一直走到近代的精神支柱和家园，必定成为苗族文化的根、魂、神、质、形、命的基因实质，必定成为具有苗族代表性的文化符号与文化品牌，必定成为苗族优秀的传统文化、神秘湘西的基本要素。

石老先生委托我为他的丛书写篇序言，因为我的专业不是民族学研究，不能从专业角度给予中肯评价，为读者做好向导，所以我很为难，但又不好拒绝石老先生。工作之余，我花了很多时间认真学习他的相关著述，总感觉高手在民间，这些文字是历代苗族文化精华之沉淀，文字之中透着苗族人的独特智慧，浸润着石老先生及历代巴代们的心血智慧，更体现出了石老先生及其家人一生为传承苗族文化所承载的常人难以想象的、难以忍受的艰辛、曲折、困苦、执着和担当。

这次参观虽然不到两个小时，却发现了苗族巴代文化的正宗传人。遇见石老先生，我感觉自己十分幸运，亦深感自己有责任、有义务为湘西苗族巴代文化及其传人积极推荐，努力让深藏民间的优秀民族文化遗产能够公开出版。石老先生的心愿已了，感恩与我们一样有这种情结的评审专家和出版单位对《湘西苗族民间传统文化丛书》的厚爱和支持。我相信，大家努力促成这些书籍公开出版，必将揭开湘西苗族巴代文化的神秘面纱，必将开启苗族巴代文化保护传承、研究弘扬、推介宣传的热潮，也必将引发湘西苗族巴代文化旅游的高潮。

略表数言，抛砖引玉，是为序。

（作者系湖南省社会科学院党组成员、副院长，湖南省省情研究会会长、研究员）

专家序二

罗康隆

　　我来湘西20年，不论是在学校，还是在村落，听到当地苗语最多的就是
"巴代"（分"巴代雄"与"巴代扎"）。起初，我也不懂巴代的系统内涵，只知
道巴代是湘西苗族的"祭师"，但经过20年来循序渐进的认识与理解，我深
知，湘西苗族的"巴代"，并非用"祭师"一词就可以简单替代。

　　说实在的，我是通过《湘西苗族调查报告》和《湘西苗族实地调查报告》
这两本书来了解湘西的巴代文化的。1933年5月，国立中央研究院的凌纯
声、芮逸夫来湘西苗区调查，三个月后凌纯声、芮逸夫离开湘西，形成了《湘
西苗族调查报告》（2003年12月由民族出版社出版）。该书聚焦于对湘西苗
族文化的展示，通过实地摄影、图画素描、民间文物搜集，甚至影片拍摄，加
上文字资料的说明等，再现了当时湘西苗族社会文化的真实图景，其中包含
了不少关于湘西苗族巴代的资料。

　　当时，湘西乾州人石启贵担任该调查组的顾问，协助凌纯声、芮逸夫在
苗区展开调查。凌纯声、芮逸夫离开湘西时邀请石启贵代为继续调查，并请
国立中央研究院聘石启贵为湘西苗族补充调查员，从此，石启贵正式走上了
苗族研究工作的道路。经过多年的走访调查，石启贵于1940年完成了《湘西
苗族实地调查报告》（2008年由湖南人民出版社出版）。在该书第十章"宗教
信仰"中，他用了11节篇幅来介绍湘西苗族的民间信仰。2009年由中央民
族大学"985工程"中国少数民族非物质文化研究与保护中心与台湾"中央研
究院"历史语言研究所联合整理，在民族出版社出版了《民国时期湘南苗族调
查实录（1~8卷）（套装全10册）》，包括民国习俗卷、椎猪卷、文学卷、接龙
卷、祭日月神卷、祭祀神辞汉译卷、还傩愿卷、椎牛卷（上）、椎牛卷（中）、

椎牛卷(下)。由是，人们对湘西苗族"巴代"有了更加系统的了解。

我作为苗族的一员，虽然不说苗语了，但对苗族文化仍然充满着热情与期待。在我主持学校民族学学科建设之初，就将苗族文化列为重点调查与研究领域，利用课余时间行走在湘西的腊尔山区苗族地区，对苗族文化展开调查，主编了《五溪文化研究》丛书和《文化与田野》人类学图文系列丛书。在此期间结识了不少巴代，其中就有花垣县董马库的石寿贵。此后，我几次到石寿贵家中拜访，得知他不仅从事巴代活动，而且还长期整理湘西苗族的巴代资料，对湘西苗族巴代有着系统的了解和较深的理解。

我被石寿贵收集巴代资料的精神所感动，决定在民族学学科建设中与他建立学术合作关系，首先给他配备了一台台式电脑和一台摄像机，可以用来改变以往纯手写的不便，更可以将巴代的活动以图片与影视的方式记录下来。此后，我也多次邀请他到吉首大学进行学术交流。在台湾"中央研究院"康豹教授主持的"深耕计划"中，石寿贵更是积极主动，多次对他所理解的"巴代"进行阐释。他认为湘西苗族的巴代是一种文化，巴代是古代苗族祭祀仪式、习俗仪式、各种社会活动仪式这三大仪式的主持者，是苗族文化的传承载体之一，是湘西苗族"百科全书"的构造者。

巴代文化成为苗族文化的根、魂、神、质、形、命的基因实质。这部《湘西苗族民间传统文化丛书》含7大类76本2500多万字及4000余幅仪式彩图，还有8000多分钟仪式影像、238件套巴代实物、1000多分钟仪式音乐等，形成了巴代文化资料数据库。这些资料弥足珍贵，以苗族巴代仪式结构、仪式程序、仪式形态、仪式内容、仪式音乐、仪式气氛、仪式因果为主要内容进行记录。这是作者在本家32代祖传所积累丰厚资料的基础上，通过近50年对贵州、四川、湖南、湖北、重庆等省市周边有名望的巴代坛班走访交流，行程达10万多公里，耗资40余万元，竭尽全家之精力、人力、财力、物力，对巴代文化资料进行挖掘、搜集与整理所形成的资料汇编。

这些资料的样本存于吉首大学历史与文化学院民间文献室，我安排人员对这批资料进行了扫描，准备在2015年整理出版，并召开过几次有关出版事宜的会议，但由于种种原因未能出版。今天，它将由中南大学出版社申请到的国家出版基金资助出版，也算是了结了我多年来的一个心愿，这是苗族文化史上的一件大好事。这将促进苗族传统文化的保护，极大地促进民族精神的传承和发扬，有助于加强、保护与弘扬传统文化，对落实党和国家加强文化大发展战略有着特殊的使命与价值。

(作者系吉首大学历史与文化学院院长、湖南省苗学学会第四届会长)

概　述

　　《湘西苗族民间传统文化丛书》以苗族巴代原生态的仪式脚本(包括仪式结构、仪式程序、仪式形态、仪式内容、仪式音乐、仪式气氛、仪式因果等)记录为主要内容，原原本本地记录了苗师科仪、客师科仪、道师绕棺戏科仪以及苗族古歌、巴代历代手抄本扫描等脚本资料，建立起了科仪文字记录、图片静态记录、影像动态记录、历代手抄本文献记录、道具法器实物记录等资料数据库，为抢救、保护、传承、研究这些濒临灭绝的苗族传统文化打牢了基础，搭建了平台，提供了必需的条件。

　　巴代是古代苗族祭祀仪式、习俗仪式、各种社会活动仪式这三大仪式的主持者，也是苗族主流文化的传承载体之一。古代苗族在涿鹿之战后因为频繁迁徙、分散各地、没有文字、不属王化、封闭保守等因素，形成了具有显性文化表象和隐性文化实质这二元文化的特殊架构。基于历史条件的限制与束缚，为了民族的生存和发展，苗族先人机灵地以巴代所主持的三大仪式为本民族的显性文化表象，来传承苗族文化的原生基因、本根元素、全准信息等这些只可意会、不可言传的隐性文化实质。因为三大仪式的主持者叫巴代，故其所传承、主导、影响的苗族主流文化又被称为巴代文化，巴代也就自然而然地成为聚集古代苗族的哲学家、史学家、宗教家等诸大家之精华于一身的上层文化人，自古以来就一直受到苗族人民的信任、崇敬和尊重。

　　巴代文化简单说来就是三大仪式、两大体系、八大板块和三十七种文化。其包括了苗族生存发展、生产生活、伦理道德、物质精神等从里到表、方方面面各个领域的文化。巴代文化必定成为有效地记录与传承苗族文化的大乘载体、百科全书以及活态化石，必定成为带领苗族人民从远古一直走到近代的精神支柱和家园，必定成为苗族文化的根、魂、神、质、形、命的基因实质，必定成为具有苗族代表性的文化符号与文化品牌，必定成为苗族优秀的传统文化之一、神秘湘西的基本要素。

苗族的巴代文化与纳西族的东巴文化、羌族的释比文化、东北民族的萨满文化、汉族的儒家文化、藏族的甘朱尔等一样，是中华文明五千年的文化成分和民族文化大花园中的亮丽一簇，是苗族文化的本源井和柱标石。巴代文化的定位是苗族文化的全面归纳、科学总结与文明升华。

近代以来，由于种种原因，巴代文化濒临灭绝。为了抢救这种苗族传统文化，笔者在本家 32 代祖传所积累丰厚资料的基础上，又通过近 50 年以来对贵州、四川、湖南、湖北、重庆等省市周边有名望的巴代坛班走访交流，行程 10 多万公里，耗资 40 余万元，竭尽全家之精力、人力、财力、物力，全身心投入巴代文化资料的挖掘、搜集、整编译注、保护传承工作中，到目前已形成了 7 大类 76 本 2500 多万字及 4000 余幅仪式彩图的《湘西苗族民间传统文化丛书》(以下简称《丛书》)有待出版，建立起了《丛书》以及 8000 多分钟的仪式影像、238 件套的巴代实物、1000 多分钟的仪式音乐等巴代文化资料数据库。该《丛书》已成为当今海内外唯一的苗族巴代文化资源库。

7 大类 76 本 2500 多万字及 4000 余幅仪式彩图的《丛书》在学术界也称得上是鸿篇巨制了。为了使读者能够在大体上了解这套《丛书》的基本内容，在此以概述的形式来逐集进行简介是很有必要的。

这套洋洋大观的《丛书》，是一个严谨而完整的不可分割的体系，按内容属性可分为 7 大类型。因整套《丛书》的出版分批进行，在出版过程中根据实际情况对《丛书》结构做了适当调整，调整后的内容具体如下：

第一类：基础篇。分别是：《许愿标志》《手诀》《巴代法水》《巴代道具法器》《文疏表章》《纸扎纸剪》《巴代音乐》《巴代仪式图片汇编》《湘西苗族民间传统文化丛书通读本》等。

第二类：苗师科仪。分别是：《接龙》(第一、二册)，《汉译苗师通鉴》(第一、二、三册)，《苗师通鉴》(第一、二、三、四、五、六、七、八册)，《苗师"不青"敬日月车祖神科仪》(第一、二、三册)，《敬家祖》，《敬雷神》，《吃猪》，《土昂找新亡》。

第三类：客师科仪。分别是：《客师科仪》（第一、二、三、四、五、六、七、八、九、十册）。

第四类：道师科仪。分别是：《道师科仪》（第一、二、三、四、五册）。

第五类：侧记篇之守护者。

第六类：苗族古歌。分别是：《古杂歌》，《古礼歌》，《古阴歌》，《古灰歌》，《古仪歌》，《古玩歌》，《古堂歌》，《古红歌》，《古蓝歌》，《古白歌》，《古人歌》，《汉译苗族古歌》（第一、二册）。

第七类：历代手抄本扫描。

本套《丛书》的出版将为抢救、保护、传承、研究这些濒临灭绝的苗族传统文化打牢基础、搭建平台和提供必需的条件；为研究苗族文化，特别是研究苗族巴代文化学、民族学、民俗学、民族宗教学等，以及这些学科的完善和建设做出贡献；为研究、关注苗族文化的专家学者以及来苗族地区的摄影者提供线索与方便。《丛书》的出版，将有力地填补苗族巴代文化学领域里的空缺和促进苗族传统文明、文化体系的完整，使苗族巴代文化成为中华民族文化大花园中的亮丽一簇。

石寿贵
2020 年秋于中国苗族巴代文化研究中心

前　言

　　苗族前人留传下来的原生态苗歌，简称"苗族古歌"。它以诗歌传唱的形式真实地记录、传承了苗族的族群史、发展史和文明史，是苗族历史与文化传承的载体、百科全书以及活化石。它原汁原味地展示了苗族人民口口相传的天地形成、人类产生、族群出现、部落纷争、历次迁徙、安家定居、生产生活等从内到外、从表到里的方方面面的历史与文化，是一个体系庞大、种类繁多、内容丰富、意境高远、腔调悠长、千姿百态的文化艺术形式，也是一种苗族人民历来乐于传唱、普及程度很高的文化娱乐方式。

　　2011 年 5 月 23 日，"苗族古歌"名列国务院公布的第三批国家级非物质文化遗产扩展项目名录；2014 年 6 月，笔者主持的"花垣县苗族巴代文化保护基地"（笔者自家）被湘西土家族苗族自治州政府授牌为"苗族古歌传习所"，2014 年 8 月，被花垣县人民政府授牌为"花垣县董马库乡大洞冲村苗族古歌传习所"。政府的权威认定集中体现了国家对苗族古歌的充分肯定和高度重视。

　　笔者生活在一个世代传承苗歌之家，八九代人一直都在演唱、创作、传承苗歌。太高祖石共米、石共甲，高祖石仕贵、石仕官，曾祖石明章、石明玉，祖公石永贤、石光，父亲石长先，母亲龙拔孝，大姐石赐兴，大哥石寿山等，都是当时享有名望的大歌师，祖祖辈辈奉行的是"唱歌生、唱歌长、唱歌大、唱歌老、唱歌死、唱歌葬、唱歌祭"的宗旨，对苗歌天生有一种离不开、放不下、丢不得、忘不掉的特殊情感，因而本家祖传的苗歌资料特别丰富。笔者在本家苗歌资料的基础上，又在苗族地区广泛挖掘搜集，进而进行整编译注工作。

　　我们初步将采集到的苗族古歌编辑成了 635 卷线装本，再按其内容与特色分类编辑成《古灰歌》《古红歌》《古蓝歌》《古白歌》《古人歌》《古杂歌》《古礼歌》《古堂歌》《古玩歌》《古仪歌》《古阴歌》，共 11 本，400 余万字，已被纳入国家出版基金项目，由中南大学出版社出版。这批苗族古歌的问世，将成为海内外学术界研究苗族乃至世界哲学、历史学、文学、语言学、人类学、民族学、民俗学、宗教学等学科不可或缺的基本资料，它们生动地体现了古代苗族独创、独特且博大的历史文化和千姿百态、璀璨缤纷的艺术魅力。

截至目前，我们已经出版了《湘西苗族巴代古歌》《湘西苗族古老歌话》等 4 本苗歌图书。《古灰歌》《古红歌》《古蓝歌》《古白歌》《古人歌》《古杂歌》《古礼歌》《古堂歌》《古玩歌》《古仪歌》《古阴歌》11 本被编入了《湘西苗族民间传统文化丛书》第二辑，本册《古红歌》是这 11 本中的第 2 本。

古红歌指苗族人民在婚姻嫁娶、贺喜祈福、节庆祝福等喜庆活动及弘扬为人处事正能量中所传唱之歌。在苗族人民的传统观念中，一切喜贺庆祝之类的事件或活动统称为红事。由于篇幅有限，本册古红歌只收载了以婚姻喜庆为主且有代表性的部分内容，包括慰宾谢客、开亲结义、敬佩赞美、古代媒人、分姓开亲、媒人求亲、插香过礼、酒席互谢、拦门互敬、福德九祖、恭贺新春、祝福吉言、做人格言 13 种类型的歌。

有几点需要提醒读者朋友们注意。苗族古歌基本上都属于诗歌体裁，但在苗区里基本上是五里不同腔、八里不同韵。本册《古红歌》保存的资料采集于花垣县双龙镇洞冲村一带，此地属于东部方言第二方言区的语音地，书中的苗语发音虽然采用了类似现代汉语拼音的标注方式，但其实与普通话的发音相去甚远。而且，苗族古歌在口口相传的过程中一直没有定本，一直处在流动不居的演变过程之中。这也是本套丛书的价值所在。因此，在整理编写的过程中，笔者也最大程度地保留了采集到的资料的原貌。因苗区各地的音腔不同，所以苗族古歌的唱腔也有不同，共几十种。我们搜集到一些唱腔，但只知道极少数歌者的名字，而大多数歌者无法列出，为保持统一，在本部分所示的二维码中，我们没有列出歌者的名字，诚望读者谅解。

目 录

一、慰宾谢客

1.

他拢打绒汝格，
Tas longb das rongb rub geis,
忙拢打便汝那。
Mangb longb das bias rub nax.
他拢冬豆汝内，
Tas longb dongb doub rub niet,
忙拢冬腊汝虐。
Mangb longb dongb las rub niux.
度标汝绒，
Dub boub rub rongb,
内卡汝潮。
Niet kas rub chaos.
足汝几良，
Zub rub jis liangx,
足配几斗。
Zhus peib jis doub.

今天正值黄道，今日正逢吉星。
凡间好个日子，凡尘好个良辰。
主人好龙气，客人好福气。
再好不过，再美不过。

2.

他拢最汝阿堂苟补，

Tas longb zius rub as tangb gous bub,

他拢单汝阿标内卡。

Tas longb danb rub as boux niet kas.

最约窝炯背高，

Zius yob aos jiongb beib gaos,

单约打大内蒙。

Danb yos das dab niet meng。

最约姑娘子妹，

Zius yob gus niangb zis meib,

单约苟梅得拔。

Daib yos das goub meib des pab.

最约便告比秋，

Zius yob bias gaob bib qius,

单约照告比兰。

Daib yos zhaob gaos bib lanx.

最约兰先兰西，

Zius yob lanb xianb lanb xis,

单约兰共兰雍。

Daib yos lanb gongb lanb yongx.

最约夫格朋友，

Zius yob fub geib pongb yous,

单约兰酷兰会。

Danb yo lanb kus lanb huis.

最约兰那兰苟，

Zius yob lanb nas lanb gous,

单约兰忙兰强。

Danb yos lanb mangb lanx qiangb.

几最几叟拢单剖浪告得，

Jis ziub jis soub longb danb boux langb gaos des,

几吾吉研拢送剖浪告洋。

Jis wub jis yuanb longb songb boux langb gout yangt.

你出阿标扛王周柳，
Nis chub as boub gangx wangb zhous lioua,
炯出阿纵谷无况乔。
Jiongb chus as zongb gus wub kuangb qiaob.
几叟吉研，
Jis soub jib yuanx,
周朋周热。
Zhous pengb zhoub reb.
剖出度标头板江起，
Boub chub dub boub toux bans jiangb qut,
剖出度内奈愿达写。
Boub chub dub nieb nanb yuanb dab xieb.

今天齐了一堂嘉宾，今日到了一帮贵客。
齐了舅爷舅亲，到了外公外婆岳父岳母。
齐了姑娘姊妹，到了姐妹女儿。
到了六面的戚，齐了新亲新眷。
齐了五方的亲，到了古亲旧眷。
齐了朋友相好，到了远亲近邻。
齐了房族的亲，到了近亲的眷。
一齐欢喜来到我们家中，聚会欢笑来临我们家内。
欢聚一屋团圆美满，坐在一处美满团圆。
欢天喜地，喜笑颜开。
我们主家喜在心头，我们主人欢在心内。

3.

大细留言洞萨板，
Dab xis liub yuanb dongs seax bans,
洞牙苟萨出阿片。
Dongb yas goub seax chub as pianb.
出卡相蒙亚拢单，
Chus kab xiangb mengb yas longb danb,
埋拢出卡剖浪板。

Manx longb chus kas boub langb bans.

共汉礼行吉判满，

Gongb hais lib xiangb jib pans manx，

再斗虫浓没打产。

Zaib doub congb nongb meib das chanb.

镜瓶吉拢大红彩，

Jinb pinx jib longb dab hongb cais，

炮头吉话通天边。

Paob toub jid huas tongb tianb bians.

子羊共送几万千，

Zis yangb gongb songb jis wanb qianx，

扛固钱当难数完。

Gangb gux qiangb dangb nanb shud wanx.

糖食果品用担单，

Tangb shid guob pinb yongb danb danb，

早白共潮太出连。

Zaos baib gongb chaob tais chus lianb.

礼炮放得震动天，

Lis paob fangb des zhenb dongb tians，

天摇地动名远传。

Tianb yaob deib dongb mingb yuanb chuanb.

费力阿高麻汝兰，

Feib lis as gaob mab rub lanx，

喜贺他拢费力埋。

Xis houb tas longx feib lis manx.

加剖浪得你秋炯昂在斩，

Jias boub langb des nix qius jiongb ghangb zaib zait，

烟茶礼仪不周全。

Yuanb cab lis yub bus zhous qianb.

天宽地窄列嘎管，

Tians kuaib deib zaib liet gas guanb，

扛埋行走坐卧为了难。

Gangb manx xingb zhous zuos wob weib les nanb.

对人不住没得脸，

Dis renb bub zhus meib des lianb,

无面苟咱众客埋。

Wus mianb gous zhas zongb ket manx.

出列出锐莎久先，

Chus liet chus ruib shax jious xianb,

扛埋能列咱这酒咱矮。

Gangb manx nengb lieb zhas zheb jious zhas anx.

得后几没到阿块，

Des houb jis meib daob as kuaib,

兄便再紧要吾先。

Xiongb mianb zanb jins yaob wut xianb.

总列出起嘎单干，

Zongx liet chus qis gab danb gans,

出写阿挡想几宽。

Chus xieb as dangb xiangb jis kuanb.

从汝几见笔几单，

Congb rub jis jianb bib jis dand,

产豆吧就几拢埋。

Chanb doub banb jious jib longb manx.

奉请大家要留言，听妹把歌唱一遍。
做客你们到这边，亲朋各处到此来。
抬这礼行都满满，再有重担有几千。
镜瓶和即大红彩，爆竹震动到天边。
钱币抬来几万千，大大款子数不完。
糖食果品用担单，粑粑糖饼摆成连。
礼炮放得震动天，天摇地动名远传。
费力你们众亲眷，喜贺今天费心间。
差我们地方不窄走不开，烟茶礼仪不周全。
天宽地窄要莫管，让你们行走坐卧为了难。
对人不住没得脸，无面来见众客眷。
柴火不好差饭菜，让你吃饭见碗酒见罐。

豆腐也没得一块，酸汤无油不听盐。

总要把心放得宽，宽想远看要宽怀。

好情我们记心间，记住万代到千年。

4.

阿堂苟补，

As tangb gous bub,

阿标内卡。

As boub nieb kas.

埋腊尖尖莎尼蒙内几补，

Manx las jianb jianb shad nib mengb nieb jis bub,

埋汉完全莎尼蒙卡几冬。

Manx hais wanb qianb shad nib mengb kas jis dongb.

埋尼兰乖兰岭，

Manx nib lanx guanb lanb liongb,

埋尼兰配兰汝。

Manx nib lanx peib lanb rub.

埋照埋浪猛苟猛让拢单，

Manx zhaob manx langb mengb gous mengb rangs longb danb,

埋告埋浪猛加猛竹拢送。

Manx gaox manx langb mengb jias mengb zus longb songt.

会照猛苟猛公，

Huis zhaob mengb gous mengb gongt,

闹告猛夯猛共。

Naob gaos mengb hangb mengb gongb.

埋拢埋共潮糯告盘打纠，

Manx longb manx gongx chaot nub gaos panx das jiux,

埋会埋共潮弄告朋达虫。

Manx huib manx goungb chaob nongb gaos pengb das chongb.

埋拢油告见恩，

Manx longb yous gaox jianb ghenb,

埋会油拢嘎格。

Manx huis youb longb gas gheib.

埋拢油告虫浓，

Manx longb youb gaos congb nongt,

埋会油拢虫汝。

Manx huis youb longb chongb rub.

埋拢油告提单提敏，

Manx longb yous gaob tib danb tib mis,

埋会油拢提岭提穷。

Manx huis youb longb tix liongb tib qiong.

埋拢油告炮头几吼，

Manx longb yous gaob paos toub jis houb,

埋会油拢炮抗吉话。

Manx huis youb longb baos kangb jis huab.

埋拢油告松拿几吼，

Manx longb yous gaob songb nab jis houx,

埋会油拢那巴吉话。

Manx huis youb longb nab bax jis huat.

一堂嘉宾，一屋贵客。

你们都是人间的君子，你们皆是世上的大人。

你们都是大官大员，你们都是好亲好眷。

你们从那大乡大村走来，你们从那大村大寨走出。

走的是大路大道，行的是大谷大峡。

你们抬那大挑的糯米，你们挑那大担的米粮。

带那银钱而来，抬那金宝而来。

挑那重担而来，抬那厚礼而来。

带那绫罗绸缎而来，抬那彩绸彩缎而来。

放响震天的鞭炮而来，燃放动地的礼炮而来。

吹那唢呐而来，奏响长号而来。

5.

几炯见苟，

Jis jiongb jis goux,

吉溜见公。

Jis liub jianb gongb.

同内舞绒，

Tongb niet wub rongb,

见内舞潮。

Jianb niet wub chaob.

雄挂打苟，

Xiongb guas dab gous,

抓挂打街。

Zhas guab das jiet.

扛内格咱莎腊盆格，

Gangb niet gheib zhas shax las penb gheib,

尼纵孟干莎腊盆梅。

Nib zongb mengb ganb shax las penb meid.

汝格扛内几扑，

Rub gheib gangb nieb jis pub,

汝葡扛内吉岔。

Rub pub gangb nieb jis chas.

汝格扛内几扑板补板洞，

Rub gheib gangb niet jis pub bans bux bans dongt,

汝葡扛内吉岔板豆板内。

Rub pub gangb nieb jis chab bans doub bans niet.

汝格扛内几扑产豆几拢，

Rub gheib gangb niet jis pub chas choub jix longt,

汝葡扛内吉盆吧就几然。

Rub pub gangb niet jis penb bas jiux jis rab.

走成一路，结成一道。

如那龙舞，似那凤行。

苗过数寨，客过数街。

是人见了也都花眼，是众见了也都呆目。

好名让人去讲，好誉让人去传。

好名让人传遍人间，好誉让人传遍凡尘。

好名让人传去千年不忘，好誉让人传去百载不丢。

6.

埋共理松出如，

Manx gongb lis songb chus rub,

埋扛理才出柔。

Manx gangb lis cais chub rous.

件恩嘎格，

Jianb ghunb gas gheis,

件乖嘎岭。

Jianb ghex gas liongb.

潮楼潮弄，

Chaob lous chaos nongt,

白糯白炸。

Bais nub bais zhas.

提单提敏，

Tis danb tib mit,

提岭提穷。

Tib liongb tib qiongb.

秋岁麻汝窝召，

Qius ciub mab rub aos zhaob,

秋莎麻汝窝雷。

Qius shab mab rub aos lieb.

向头向奶，

Xiangb tous xiangb niet,

向牙向洋。

Xiangb yas xiangb yangb.

崩洞崩恩，

Bengb dongb bengb ghens,

崩良崩先。

Bengb liangb bengb xians.

吊根没崩，

Diaos gent meib bengb,

大镜有花。

Dab jingb yous huas.

吊面没糯。

Diaos mianx meib nut.

纸对边头。

Zhis bib bians toud.

产谷吧汉,

Chanb gus bas hait,

产冬吧样。

Chanb dongb bas yangt.

共拢见苟,

Gongb longb jianx gous,

共送见公。

Gongb songb jianb gongt.

你们抬来贺礼成堆,你们送来贺礼成团。

银圆金宝,钱币富价。

糯米小米,大米黏米。

绫罗绸缎,红绸彩缎。

大朵大花的绫罗,好花好样的绸缎。

送来满屋满宅,摆来满堂满殿。

摆来成堆,放来成团。

长匹短匹,大匹宽匹。

金盆银盆,亮盘光盘。

宽镜有鸟,贺联大匾,

毛对边筐,纸对长匾。

7.

扛剖摆拢白标白斗,

Gangb boub bans longb bais bout bais dout,

照拢白纵白秋。

Zhaos longb bais zongb bais qiut.

几借见如,

Jis jieb jianb rub,

吉吾见柔。

Jis wub jianb roub.

几借见苟,

Jis jieb jianb gous,

吉吾见绒。

Jis wub jianb rongb.

照白欧奶补奶热杂够豆,

Zhaos baib ous niet bub niet res zhas goub doub,

照白欧图补图热板比兵。

Zhaob bais oub tub bub tub res bans bis bingt.

打豆他崩他中,

Das doub tab bengb tas zongb,

打便他高他特。

Das biab tax gout tas teb.

产豆腊服几娘到见,

Chaos doun las fub jis niangb daos jianb,

吧就腊能几娘到嘎。

Bas jiuys las nengb jis niangb daos gax.

浪浓纵剖斗得不,

Langb niongb zong sboub doub des bub,

埋浪从汝喂斗得见。

Manx langx congb rub weib doub des jianb.

产豆腊不几拢,

Chaob doub las bub jis longt,

吧就腊见几然。

Bas jiub lax jianb jis rab.

几扣窝兰,

Jis lous aos lanb,

都色内卡。

Doub seb nieb kas.

送来我家装登装满,送到我屋摆满摆遍。
成堆的礼品,满屋的贺礼。
堆积如山,堆放如岭。

装满两个三个大仓，堆满两个三个大库。

库底扎满，库顶扎实。

千年也喝不了，百载也吃不完。

你们的重情我们记了，你们的厚义我们领了。

千年也记不丢，百载也记不忘。

感谢嘉宾，多谢贵客。

8.

扛埋炯那油苟，

Gangb manx jiongb nas youb gous,

炯骂油得。

Jiongb mas youb des.

单标单斗，

Danb boub danb doub,

单纵单秋。

Danb zongb danb qius.

苟埋费力辛苦，

Gous manx feib lis xingb kus,

苟埋秀苦秀克。

Gous manx xious kub xious keb.

剖你加标加斗，

Boub nib jias boux jias doub,

剖炯加纵加秋。

Boub jiongb jias zongb jias qiub.

扛埋吉酷窝挂报标，

Gangb manx jis kub aos guax baos boub,

苟埋吉葡到比报竹。

Gous manx jix pus daob bib baos zub.

你拢加够，

Nis longb jias goux,

炯拢加肥。

Jiongb longb jias feib.

扛埋你腊几没到总，

Gangb manx nis las jib meib daos zongb,

炯腊几没到在。

Jiongb las jid meib daos zais.

便筐斗昂，

Bias kuangb doub ghax,

几爬几然。

Jis pab jis rab.

委屈埋浪龙驾虎驾，

Meib qib manx longb longx jias fub jiab,

几口埋浪龙鹏大驾。

Jis koub manx longb longb pongb das jiab.

你们带兄带弟，带父带子。

到家到宅，到堂到殿。

把你们费心费力了，把你们受苦劳累了。

主人家道贫寒，主家身居陋巷。

让你们弯腰才能进屋，让你们低头才能进门。

坐椅歪倒，坐凳歪斜。

让你们居来不稳，坐来不安。

天宽地窄，拥挤不堪。

委屈你们的龙驾虎驾，累坏了你们的龙鹏大驾。

9.

汉拢管否——

Hais longb guanb wous—

将埋出起几筐，

Jiangb manx chub qus jis kuangx,

出写几头。

Chus xieb jis toub.

埋列出起几筐难反你，

Manx lieb chus qub jis kuangb nanb fanx nib,

出写几头难反炯。

Chus xieb jis toub nans fant jiongb.

列格扛够，

Lieb geib gangb goux，

列孟扛头。

Lieb mengb gangb tous.

汝加莎尼打奶浪秋，

Rub jias shab nib das niet langb qius，

再加腊尼巴度浪兰。

Zaib jias las nib bab dus langt lanb.

阿堂苟补，

As tangb gous bux，

阿标内卡。

As boux nieb kas.

埋浪浓纵剖斗得见，

Manx langb nongx zongb boub doub des jianb，

埋浪从汝剖斗得不。

Manx langb congb rub boub doub des but.

见猛产柔，

Jianb mengb chans roub，

不猛吧就。

Bus mengb bas jiux.

几拢几然，

Jis longb jis rab，

几召几将。

Jis zhaob jis jiangt.

几扣窝兰，

Jis koub aos lanb，

都色内卡。

Doub sed niet kax.

你们莫管——
大家要做宽心，要做大肚。
大家宽心耐烦坐，大肚耐烦居。
要看远些，要看宽些。

好丑都是自家的亲戚，再差也是自己的眷属。

一堂嘉宾，一屋贵客。

你们重情我们记了，你们厚义我们领了。

记去千年，领去百载。

不忘不丢，不丢不掉。

感谢嘉宾，多谢贵客。

10.

拢单剖标出内卡，

Longb danb boux boud chus niet kax,

做客你们到这里。

Zuos keb nis menb daob zhes lib.

炯那炯苟勾剖嘎，

Jiongb nas jiongb gous boub gas,

各处亲朋来贺喜。

Ges chub qinb pongb lais heb xis.

亚共见浪亚共嘎，

Yas gongb jianb langb yab gongt gas,

亚会心浪亚会力。

Yas huib xins langb yas huib lis.

炮头几吼同挂便，

Paob tous jib hout tongb guat bias,

地动天响真热烈。

Deis dongb tians xiangx zhens roub liex.

共彩共屏勾拢哈，

Gongt cais gongt pinb gous longb has,

几滚吉昂阿交以。

Jis guenb jib gangb as jiaos yib.

天宽地窄列嘎踏，

Tians kuaib deis zaib liet gas tab,

得炯要够亚要飞。

Des jiongb yaos goub yas yaob feix.

要茶要格扛内卡，

Yaos cab yaos gheib gangb niet kas,
得烟得穷要久齐。
Des yuanb des qiongb yaos jioux qib.
兵盘要缪要昂芭,
Bingb pais yaob mioub yaos ghax pax,
加锐加列嘎斩起。
Jias ruib jias lieb gas zanb qit.
当客他拢兄吾便,
Dangb keb tas longb xiongb wut biax,
对人不住剖加你。
Dis renb bub zhub boub jias nis.
客来应当是客大,
Keb lais yinb dangb shid keb dax,
安排不到愧心里。
Anx paib bub daob kuib xins lib.
陪情不起记情下,
Peib qings bub qid jid qingb xiax,
出令几篓勾从笔。
Chus liongb jis loux gous congb bib.

做客来到我们家,走亲到你们这里。
哥兄老弟都来乜,各处亲朋来贺喜。　　乜:方言,指一起来。
抬钱抬米抬得大,又费心来又费力。
爆竹吼声震天涯,地动天响真热烈。
抬彩抬屏拿来挂,万紫千红好光辉。
天宽地窄你莫骂,少了凳坐待情你。
少茶少水不像话,又少香烟送你吃。
少酒少肉莫讲话,饭菜不好对不起。
吃饭只有酸汤下,对人不住我心虚。
客来应当是客大,安排不到愧心里。
陪情不起记情下,富了以后把情陪。

11.

你内苟篓，

Nis nieb gous loux，

弄内吉浪。

Nongb nieb jis langx.

吉标列单苟补，

Jis boub lieb danx gous bub，

吉竹列当内卡。

Jis zub lieb dangb niet kas.

剖腊几过几最奈到纵那纵苟，

Boub las jix gub jis ziub nanb daob zongb nas zongt gous，

吉吾寿到纵骂纵得。

Jis wub soub daob zongb mas zongb des.

你出阿标，

Nis chub as bout，

炯出阿纵。

Jiongb chub as zongt.

剖腊那商量苟，

Boub las nab shangb liangt gous，

剖莎骂商量得。

Boub shab max shangb liangt des.

几扑洞列拢当苟补，

Jis pub dongb liet longb dangb gous but，

吉岔洞列拢奈内卡。

Jis chab dongb lieb longb nans niet kax.

苟那岔单夯雍腊洞久走，

Gous nab chab danx hangt yongb las dongb jius zous，

老苟会送琶琶腊洞久干。

Laob gous huib songb pas pas lax dongb jius ganx.

吉交冬闹单汉鸟嘎腊洞久咱，

Jis jiaox dongb naos danb hais niaob gas las dongb jius zhas，

吉交抓会送鸟录腊洞久干。

Jis jiaos zhas huib songb niaos lub las dongb jius ganx.

苟达久通，

Gous dab jius tongb,

苟尼久当。

Gous nib jius dangb.

苟篓久走，

Gous loux jius zous,

苟追久到。

Gous zhius jius daob.

昨日之先，前天之时。

家中要到吉期，家下要待贵客。

我们聚集房族兄弟，聚会叔伯父子。

聚在一屋，坐在一处。

我们兄弟商量，父子商议。

商量怎么招待嘉宾，商议如何接待贵客。

大哥去找羊兄没有找到，老弟去找猪弟没有找着。

转身去找鸡嘴没有得见，转步去找鸭嘴也没有遇。

左路不通，右道不开。

前头没见，后头没遇。

12.

腊召奈汉那鲁那底，

Las zhaos nanb hais nas lub nas dib,

腊召奈汉那锐那够。

Las zhaos nanb hais nab ruib nab gous.

扛埋拢单追竹久咱窝冬嘎，

Gangb manx longb danb ziud zhub jius zhas aos dongb gas,

会送追吹久咱窝冬爬。

Huis songb zhius cuis jius zhas aos dongb pab.

苟达几没比嘎，

Gous dab jis meib bis gas,

苟炯几咱比录。

Gous jiongb jis zhas bib lus.

腊召苟鲁苟底苟当苟补，

Las zhaob gous lub gous dib gous dangb gous bub,

腊斗锐笑吾便苟奈内卡。

Las doub ruib xiaos wub bias gous nanb niet kas.

只有去喊豆兄豆弟，只有去寻青菜萝卜。

嘉宾到了门外没见鸡爪印，贵客到了门边没见猪脚印。

左边没见鸡毛，右面没见鸭毛。

只有用那豆子豆荚来待贵客，只有用那酸汤青菜来待嘉宾。

13.

加剖吉标要加，

Jias boub jis boux yaos jias,

吉竹要业。

Jis zub yaos yeb.

吉久要见，

Jis jiub yaos jianb,

几得要嘎。

Jis deb yaos gas.

中狗腊空，

Zhongb gous las kongb,

中琶腊明。

Zhongb pas las mingt.

窝热要楼，

Aos rb yaos loux,

窝桶要潮。

Aos tongb yaob chaos.

窝格要先，

Aos gheib yaos xianb,

窝矮要求。

Aos anb yaox qius.

窝晚要锐，

Aos wanb yaos ruis,

窝这要列。

Aos zheb yaos liet.
再斗哭早几柔，
Zais doub kub zhaos jis roub,
哭晚吉锐。
Kus wanb jis ruib.
捕西捕康，
Pus xib pub kangt,
乖傩打察。
Guanb tanb dab chab.
几到阿没汝克，
Jis daob as meib rub keix,
几没阿梅汝孟。
Jis meib as meib rub mengb.
再斗加斗加炯，
Zaib doub jiab doub jias jiongb,
加候加排。
Jias houx jias paib.
吾斩拢号，
Wub zhanb longb haos,
吾兄偷能。
Wub xiongb tous nengb.
吾格几没浪先，
Wub gheb jis meib langb xiant,
吾嘎几没江求。
Wub gas jix meib jiangt qius.
扛埋能锐腊干崩达崩这，
Gangb manx nengb ruix las gans bengb das bengb zheb,
服酒腊咱崩矮崩纵。
Fub jius las zhas bengb ans bengb zongb.
扛埋能拢几没到浪阿吼江先，
Gangb manx nengx longs jis meib daox langb as houx jiangb xianb,
扛埋服拢几没到汝阿吼江迷。
Gangb manx fub longb jis meix daos rub as houx jiangb mix.

我们家中贫困，家里贫寒。

身边缺钱，手边少价。

狗窝也空，猪圈也无。

仓中少粮，桶内少米。

碗柜少油，罐内少盐。

锅中少菜，碗内少食。

还有灶头东倒，锅架西歪。

灰不堪看，黑不堪视。

没有一点好视，没有一处好看。

加上柴火欠缺，瓢盆丑陋。

冷水来煮，热水来吃。

热水没有油星子，汤水没有着盐味。

让你们吃菜见盘花盘底，饮酒见罐底罐花。

一点也闻不到好吃好味，一些也得不到好喝好饮。

14.

阿腊度标，

As las dub boux,

阿忙度内。

As mangb dub nieb.

腊见巴格几补，

Las jianb bab geib jis pub,

巴葡几冬。

Bas pub jis dongd.

最内报猛阿板冬，

Zuis nieb baos mengb as banb dongx,

加乙报单留吹求。

Jias yib baos danx lius cuis qius.

相蒙足弟几到埋阿堂苟补，

Xiangb mengb zhus dib jis daob manx as tangb gous but,

实在足加对埋阿标内卡。

Shib zaib zhus jianb dib manx as boub nieb kas.

埋列管否管否再管否，

Manx lieb guans wous guanb woub zaib guanb woub,

出起几头奈反照。

Chus qub jis toub nanb fanb zhaos.

嘎管汝加，

Gas guanb rub jias，

到抽腊差。

Daos chous las chas.

加汝嘎关，

Jias rub gas guanx，

到抽腊见。

Daos chous las jianb.

阿瓦拢——

As wab longb——

不加腊见埋浪秋约，

Bus jiab las jianb manx langb qius yob，

录酷腊见埋浪兰约。

Lub kus las jianb manx langx lans yob.

哨巧腊尼埋浪秋约，

Qiaos qiaos lanb nib maib langx qius yob，

固瓜腊尼埋浪兰哟。

Gub guas las nib manx langb lanb yos.

汉拢管否——

Hais longb guanb wous——

将埋出起几筐，

Jiangb manx chub qub jis kuangb，

出写几头。

Chus xieb jis toub.

埋列出起几筐难反服，

Manx lieb chus qib jis kuangb nanb fanx fub，

出写几头难反能。

Chus xieb jis toub nans fanx nengb.

加汝列服扛数，

Jias rus lieb fub gangb shub，

汝加列能扛抽。

Rub jias lieb nengb gangb chous.

我们主家，一帮主人。

名声丑了，名誉坏了。

名声丑遍四方，抱愧到那源头。

真的对不住你们贵客，实在愧对你们嘉宾。

你们再三宽怀来容量，大肚大量来容情。

莫管好丑，得饱算了。

好丑莫管，得饱了算。

这一回呀——

再穷也是你们的亲，再贫也是你们的眷。

披烂蓑衣也是你们的亲，戴烂斗笠也是你们的眷。

你们管他——

你们要做宽心，要做大肚。

要做宽心慢慢喝，要做大肚慢慢吃。

好丑要喝送醉，好差要吃送饱。

15.

喂你号拢夫埋几扑，

Weib nis haos longb fub manx jis pub,

剖炯号拢龙埋吉岔。

Boub jingb haos longb longb manx jis chab.

加标加斗埋腊列你，

Jias boux jias dout manx lax lieb nis,

加纵加秋埋腊列炯。

Jias zongb jias qius manx las lieb jiongt.

加够加肥埋腊列安，

Jias goub jias feib manx las lieb anx,

几爬几然埋腊列照。

Jis pab jis rab manx lax lieb zhaob.

加锐加够埋列嘎管，

Jias ruib jias goub manx lieb gas guanb,

加特加留埋列嘎贤。

Jias teb jias liub manx lieb gas xianb.

将埋出起几筐，

Jiangb manx chus qub jis kuangb,

出写几头。

Chus xieb jis toub.

埋列出起几筐难反你,

Manx lieb chus qub jid kuangb nanb fanb nix,

出写几头难反炯。

Chus xieb jis toub nanb fanx jiongb.

埋尼蒙内蒙卡林起写,

Manx nib mengb niet mengb kas liongb qub xieb,

筐起头写照昂八。

Kuangb qub toub xieb zhaob ghangb bas.

列格扛够,

Lieb geib gangb gous,

列孟扛头。

Lieb mengb gangb tous.

汝加莎尼打奶浪秋,

Rub jias shab nieb dab niet langx qius,

再加腊尼巴度浪兰。

Zais jiab las nieb bas deb langb lanx.

我在这里和你们商讨,我在此间与你们恳求。
屋舍简陋你们也要居,条件再差你们也要坐。
椅凳矮小你们也要就,拥挤不堪你们也要受。
饭菜差了你们也要容情,伙食太差你们也要容量。
你们要做宽怀,大家要做大肚。
要做宽怀耐烦居,要做大度耐烦坐。
你们大人君子肚量大,宰相肚内扒得船。
要看得远,要想得宽。
好丑也是自家的亲,再差也是自己的眷。

16.

阿堂苟补,

As tangb gous bub,

阿标内卡。

As boub nieb kax.

埋浪浓纵剖斗得见，

Manx langx nongb zongb boub doub des jianb,

埋浪从汝剖斗得不。

Manx langb congb rub boub doub des but.

见猛产柔，

Jianb mengb chanb rous,

不猛吧就。

Bus mengb bas jiub.

几拢几然，

Jis longb jis ras,

几召几将。

Jis zhaob jis jiangt.

几扣窝兰，

Jis koub aos lanb,

都色内卡。

Doub seb nieb kas.

一堂嘉宾，一屋贵客。

你们重情我们记了，你们厚义我们领了。

记得千年，领去百载。

不忘不丢，不丢不弃。

感谢嘉宾，多谢贵客。

二、开亲结义

1.

排古开天传知后，

Panb gud kaib tianb chuanb zhid houb，

立照古书到克咱。

Lib zhaob gud shub daob keb zaib.

自古男以女为寿，

Zib gub nanb yis nit weib shoub，

夫妇和睦家叉发。

Hub fud heb mut jiab cas fab.

姻缘要等天生就，

Yind yuanb yaob dengs tianb shengd jius，

照寿几见谈几八。

Zhaob shoub jid jianb tanb jid bas.

（娘婆二家苟兰见）

（niangb pob erb jiab goud lanb jianb）

门当户对把桥豆，

Menx dangs hub duib bad qiaob doub，

欧告莎江久牙雅。

Out gaox sead jiangb jiut yad yab.

费钱费米两三次，

Feib qianb feib mid liangb sanb cib，

当梦送秋意常巴。

Dangb mengb songb qieb yid changb bad.

发家兴旺人才有，

Fab jiab xins wangb renb caib youd,

兴旺发达富贵花。

Xins wangb fab dad fub guib huab.

盘古开天传知后，立在古书不是假。

自古男以女为受，夫妇和睦家才发。

姻缘要等天生就，称赞不成推不垮。

门当户对把桥斗，两边都愿才成家。

费钱费米两三次，等望一日把女嫁。

发家兴旺人才有，兴旺发达富贵花。

2.

尼扑阿柔浪内，

Nib pus as roub langb niet,

尼岔阿气浪虐。

Nib chas as qub langb niux.

剖埋欧标吉相见秋，

Boub manx ous boux jis xiangb jianb qius,

大细欧告吉相见兰。

Das xib ous gaob jis xiangb jians lans.

强强莎尼老亲老眷，

Qiangb qiangb shax nib laos qingb laos jianb,

古亲旧眷浪。

Gus qingb jius jianb langx.

剖埋莎尼剖娘浪秋，

Boub manx shax nib boux niangb langb qiua,

强强莎尼内玛浪兰。

Qiangb qiangb shab nieb nib max langb lanx.

莎尼秋共兰共，

Shab nix qiub gongb lanx gongb,

秋忙兰强。

Qius mangb lanb qiangx.

讲那原来的日子，说那过去的时候。
我们两家还未开亲，大家两边还没结义。
常常还是老亲老眷，古亲旧眷。
我们都是祖宗的亲，常常都是父母的眷。
都是老亲老眷，连亲共眷。

3.

剖埋娘婆二家，

Boub manx niangb pob ers jiax,

某某二姓。

Moub moub erb xingb.

莎尼纠柔王记纠柔秋，

Shas nib jius roub wangb jis jiux rongb qius,

谷柔王记谷柔兰。

Guob roub wangb jix gub rous lanb.

达夫埋出窝炯，

Das fub manx chub aos jiongb,

剖出窝麻。

Bou chub aos mab.

达夫剖出窝炯，

Dab fus boux chub aos jiongb,

埋出窝麻。

Manx chus aos max.

够柔吉报兰古兰鲁，

Goub roux jib baos lanx gus lanb lub,

便柔吉报兰忙兰强。

Bias roub jis baox lans mangx lans qiangt.

吉炯阿流服吾，

Jis jiongd as liux fub wut,

几同阿帮让斗。

Jis tongb as bangx rangx doub.

吉炯窝得将油，

Jis jiongb aos des jiangx yout，

几同窝秋将爬。

Jis tongb aos qiux jiangb pas.

几然苟伞，

Jis rax gous set，

几报苟茶。

Jis baox gous chas.

同流服吾到仙到木，

Tongb lius fub wux daos xianb daos mux，

同图雄充到卡到绒。

Tongb tus xiongb chongb daos kax daos rongb.

几内吉报爬固爬鲁，

Jis nieb jis baox pas gub pas lub，

吉忙吉报爬忙爬强。

Jis mangx jis baos pas mangx pas qiangt.

穷斗翁蒙翁喂，

Qiongb doub wangx mengb wangb weix，

穷标翁喂翁蒙。

Qiongb boub wengb weib wengb mengx.

吉内尼那尼苟，

Jis nieb nix nas nib gous，

吉忙尼秋尼兰。

Jib mangb nix qiud nib mand.

我们娘婆二家，某某二姓。

也是九朝皇帝九朝亲，十朝皇帝十朝眷。

一下你们做舅爷，我们做外甥。

一下我们做舅爷，你们做外甥。

前代连成深厚的古亲，后代结成广大的旧眷。

共一井泉饮水，同一山林打柴。

共一地处放牛，同一地方放猪。

田土相连，地土相接。
共井饮水得到长气，共树歇凉得到好力。
白天放猪相伙，晚上赶回相共。
炊烟盖你盖我，烟雾盖我盖你。
白天是兄是弟，晚上是亲是戚。

4.

强强尼得苟闹苟酷，

Qiangb qiangd nib des goux langx gous kut,

强强尼秋苟酷苟会。

Qiangb qiangb nix qiux gous kub goub huix.

几然大秋出笔出包，

Jis rab das qiux chub bis chub baos,

吉报大兰出楼出归。

Jis baob das lanx chub lius chus guib.

同拢不不录，

Tongb longb bux bub lus,

同图不不休。

Tongb tub bux bux xius.

同拢花陇白走白绒，

Tongb longx huas longb bais zous bais rongt,

同图花陇白夯白共。

Tongb tus huas longx bais hangt bais gongx.

苟追花冬斗白，

Gous zuis huas dong doub bais,

笔久斗汝。

Bib jius doux rub.

常常都是走动的亲，往往都是互爱的眷。
连亲深厚发达兴旺，结义深厚兴盛繁荣。
如竹多枝叶，似木多枝丫。
如竹发来满山满岭，似木发来满谷满峡。
后来发登旺满，发多旺大。

5.

几连连猛便判，

Jib lianx lianb mengb bias pant，

吉判判猛照告。

Jis panx panb mengb zhaos gaos.

剖叉见楼几酷，

Boub chas jianb liub jis kux，

楼月几会。

Liub yeb jis huix.

麻炯召见麻加，

Mas jiongb zhaos jianb mab jias，

麻兰召见麻话。

Mas lanx zhaob jianb mas huat.

得柔见约得够，

Deb roub jians yob des goux，

得先见约得才。

Deb xianb jianb yob des caib.

连亲连去五方，结义结去六处。

我们才隔久未走，隔久未行。

亲眷丢成生人，眷属丢成异人。

近处成了远处，亲人成了生人。

6.

阿柔浪内，

As roub langb niet，

阿气浪虐，

As qib langb niut.

剖叉浪扑洞埋吉苟某姓，

Boub chas langb pub dongs manx jis goux moub xingb，

斗汝打绒浪得，

Doub rub das rongb langb des，

没汝达潮浪嘎。

Meib rus dab chaob langx gas.

得拔斗汝阿奶,

Des pab doux rub as niet,

苟梅斗汝阿图。

Gous meib doub rub as tub.

几篓汝牙,

Jis loub rub yax,

吉追汝洋。

Jib zuib rub yangb.

生得天姿国色,

Shengb des tianb zis guob sex,

美貌如花。

Meib maos rub huas.

同内叉单,

Tongb nieb chas manx,

同那叉通。

Tongb nab chas tongx.

果同白达,

Gub tongb bais das,

汝同白明。

Rub tongb bais mingx.

得牙少良得绒,

Des yab shaob liangb des rongb,

得羊少良得潮。

Des yangb shaob liangb des chaos.

过去的日子,原来的时候,
我们听说你们某姓,
有位龙王小姐,有个凤凰小妹。
有个美丽的女儿,有位美貌的贵女。
前头好美,后头好样。
生得天姿国色,美貌如花。
如日初升,似月初出。

白如雪花，亮似冰玉。

如那龙王小女，似那凤凰小姐。

7.

出补沙腊牢豆，

Chub bub shab lax laob doub,

出油沙腊牢斗。

Chub yous shab lax liaob doub.

出拔到汝鲁崩鲁弄，

Chub pab daob rub lub bongx lub nongb,

巴鸟到汝鲁萨鲁度。

Bas niaox daos rub lub seab lub dub.

安林安休，

Ans liongb ans xiut,

安奶安乖。

Ans niet aos gueb.

安虾安理，

Ans xiab ans lix,

安纵安退。

Anb zongb ans tuib.

安哈安篓，

Anb has ans liux,

安通安汝。

Anb tongb ans rub.

通头通抗，

Tongb tous tongb kangt,

伶俐聪明。

Lingb lix chongb mingb.

好双纺纱的巧手，好双织布的巧手。

女儿得好花种卉谱，嘴巴记得好歌话种。

知大知小，知礼知仪。

知情知理，知进知退。

知条知规，知多知广。
通文通智，伶俐聪明。

8.

剖浪苟休克咱足江打起，

Boub langb gous xiub keb zhas zhub jiangb das qub，

苟让克干足愿达写。

Gous rangb keb ganb zongb yuanb das xueb.

苟达没汉巴同松否腊久咱，

Gous dab meib hais bax tongb song woub lax jius zhas，

苟炯没汉巴同那否洞久干。

Gous jiongb meib hais bax tongb nab woub dongb jius ganb.

几内寿录寿走，

Jis nieb shoub lub soub zoub，

吉忙寿格寿那。

Jis mangb soux geib soub nas.

阿记几瓦几篓，

As jib jib wab jis loux，

欧炯几瓦吉追。

Ous jiongb jis wab jis ziub.

我们的小子见了爱在心中，小伙见了想在心内。
左边有亮的星子他也不视，右边有亮的星辰他也不看。
白天数那树叶草叶，晚上数那星斗星辰。
一会又见小姐幻影，一会又见贵女幻象。

9.

难江埋浪阿奶麻汝盐话，

Nanb jiangx manx langx as niet mas rub yuanx huas，

难秀埋浪阿久麻汝配头。

Nanb xiub manx langb as jiub mas rub peib tous.

达起欧到补到，

Dab qub ous daob bux daos，

三番五次，

Sanb fanx wub cis，

奉请三媒六证，

Fongb qingb sanb meix lius zhenb，

介绍大人。

Jieb shaob das renx.

共能开苟，

Gongb nengb kais goux，

共考夏容。

Gongb kaob xias rongb.

出吾几千格柔格金，

Chub wub jis qianb geib rous geib jingx，

出昂几千格松格标。

Chub guangb jis qianb geib songb geib boub.

出度不风，

Chub dub bub fongt，

出吾不昂。

Chub wub bus guangx.

同陇几够窝涌，

Tongb longb jis goux aos yongb，

同图吉当窝浪。

Tongb tub jis dangx aos liangx.

想洞龙埋——

Xiangb dongb longb manx

单共长拢几察窝级，

Danb gongb changb longb jis chab aos jix，

欧共长拢照麻先周。

Ous gongb zhangb longb zhaos mab xians zhous.

几插秋先，

Jis chas qiub xianb，

吉白兰洗。

Jis baib lanx xis.

得拔龙埋吉忍阿奶，

Des pab longb manx jis rengx as nieb,

苟梅龙埋吉莎阿图。

Gous meib longb manx jis shax as tub.

鲁楼龙埋吉忍阿善，

Lub lous longb manx jid renb as shanx,

鲁弄龙埋吉莎阿寿。

Lub nongb longx mans jib shax as sout.

太爱你们的一个好缘法，太想你们的一位好配头。

这才两番三番，三番五次，

奉请三媒六证，红媒大人。

拿铲开路，拿锄开渠。

做水渗那岩块底层，做肉透那骨块底面。

做云背雨，做水通船。

如竹打通节眼，似木钻通树心。

想和你们——

旧裙重补新带，旧衣重补新领。

重开新亲，再结新眷。

女儿和你们讨一个，贵女和你们求一个。

谷种和你们讨一把，米种和你们求一束。

10.

剖浪红媒公老，

Boub langb hongb meix gongb lax,

介绍大人。

Jieb shaob das renx.

木豆当，

Mub doub dangx,

西太后，

Xib taib hout,

不奶几炯。

Bus nieb jis jiongx.

否叉冲汉录果闹，

Woub chas congb hais lub guob liaob,

藏梅花抓。

Qub meib huas zhas.

补头否求,

Bub tous woub qiut,

绒善否闹。

Rongb shanx woub naob.

就闹拢达,

Jius niaob longb dax,

就叫拢送。

Jius jiaob longb songx.

拢单埋浪竹冬,

Longb danx manx langx zub dongb,

竹冬埋腊久扣。

Zhub dongb manx las jiub kout.

会送埋浪竹纵,

Huis songb manx langx zhus zongb,

竹纵埋腊久压。

Zhub zongb manx las jiub yab.

拢通板竹,

Longb tongb bans zhub,

会送板吹。

Huib songb banb cuis.

你单吉纵,

Nib danb jis zongb,

炯送吉秋。

Jiongb songb jis qiut.

得鸟龙埋吉忍,

Des niaob longb manx jis renx,

得弄夫埋吉莎。

Des nongb fub manx jis sea.

鸟先龙埋几扑,

Niaos xianb longb manx jis pux,

弄求夫埋吉莎。

Nongb qius fub manx jis sea.

我们的红媒公老，介绍大人。
木豆当，西太后，三媒六证。
这才牵白脚的驴，骑花腿的马。
高坡他上，陡岭他下。
抬脚来走，举步来行。
来到你们的楼门，楼门你们没关。
走进你们的大门，大门你们没闭。
进了楼门，过了大门。
来到家中，坐到家内。
虔心和你们讨，诚意与你们求。
油嘴和你们讲，盐舌与你们求。

11.

埋叉内骂几扑，

Manx chas nieb mas jid pux,

那苟吉岔。

Nas goux jis chas.

那商量苟，

Nas shangb liangt gous,

骂商量得。

Mas shangb liangb des.

埋莎几分几秀，

Manx shas jix fenb jis xiut,

埋腊几贤几意。

Manx las jix xianb jis yit.

相蒙尼汉猛内几补，

Xiangb mengb nib hais mengb niet jis bux,

实在尼汉猛卡几冬。

Shib zai nib hais mengb kas jib dongx.

首嘎埋腊气剖，

Soub gas manx las qub boux,

首得埋莎气骂。

Soub des manx sead qub max.

莎尼打绒囊得,

Seab nib das rongb langx des,

达炯囊楼。

Das jiongb langx lout.

莎尼告忙鲁录,

Sead nib gaob mangb lub lut,

包告江水。

Baos gaob jiangx shuib.

你们父母商量,兄弟商议。

兄商量弟,父商量子。

你们不分不离,你们不烦不弃。

真是大人君子,实是肚大容人。

祖宗的好孙,父母的好儿。

都是龙生龙子,虎生虎儿。

都是凤凰之帮,龙鸟之群。

12.

闹吾打边几干查穷,

Niaob wub dab bianx jis ganb chas qiongb,

求补达炯几干能昂。

Qiub bub das jiongx jis ganb nengb ghas.

林起囊内,

Liongb qub langb niet,

林写囊纵。

Liongb xueb langb zhongb.

蒙内蒙卡,

Mengb nieb mengb kas,

蒙哈蒙娄。

Mengb has mengb lud.

窝中没力没梅，

Aod zhongb meib lis meib meib，

窝桶没恩没格。

Aos tongb meib gheb meib gheis.

产加万崩，

Chaib jias wanb bengx，

老本大户。

Laob bengb das fub.

汝格扛内几扑，

Rub geis gangb nieb jis pub，

汝葡扛内吉岔。

Rub pub gangx nieb jis chas.

下水蚂蟥不敢吸血，上山老虎不敢吃肉。

大人君子，宽宏大量。

大人大家，大礼大仪。

圈中有驴有马，桶中有金有银。

千家万本，老本大户。

好名让人去讲，好字让人去传。

13.

几扣埋腊苟剖客咱，

Jis koux manx las goux boub keb zhas，

赌色埋莎苟剖梦干。

Dub seb manx shas goux boub mengb gans.

剖休埋腊几没现休，

Boub xious manx las jix meid xians xius，

剖矮埋莎几没现矮。

Boub ans manx shab jix meib xians anx.

几没现剖内苦内录，

Jis meib xianb boub nieb kus nieb lux，

几没现意内假内培。

Jis meib xianb yis nieb jias nieb peix.

剖休埋苟格林,

Boub xius manx gous geib xius,

剖矮埋苟格善。

Boub anb manx gous geib shanx.

埋出筐起头写,

Manx chub kuangs qub toub xueb,

埋汝容情容量。

Manx rub rongb qingb rongb liangx.

感激你们把我们看中,感谢你们把我们看上。

我们小你们也不嫌小,我们矮你们也不嫌矮。

没有看不起我们贫穷,没有看不上我们痴呆。

我们小你们把我们看大,我们矮你们把我们看高。

你们宽宏大量,你们容情容量。

14.

剖埋莎尼几然大秋,

Boub manx shab nix jis rab das qiut,

吉包大兰。

Jis baob dab lanx.

单共几察窝吉,

Danb gongb jis chas aos jib,

欧共吉报窝周。

Ous gongb jis baox aos zhous.

纠柔王记纠柔秋,

Jius roub wangb jis jiub roub qiux,

谷柔王记谷柔兰。

Gub roub wangb jis gub roub lanx.

几内尼那尼苟,

Jis niet nib nat nid gous,

吉忙尼秋尼兰。

Jis mangb nix qiut nib lanx.

同流吾充到先到木,

Tongb liub wub congb daos xianb daos mux,

同图兄充到卡到绒。

Tongb tus xiongb congb daob kas daob rongb.

同拢便便录,

Tongb longb bias bias lub,

同图便便休。

Tongb tus bias bias xiub.

我们是很厚的亲戚,深厚眷属。

旧裙重补花带,旧衣重缝衣领。

九朝皇帝九朝亲,十朝皇帝十朝眷。

白天是兄是弟,晚上是亲是眷。

同井共饮清泉得到福禄,同树共坐歇凉得到力气。

如竹发得好叶,似木长得好枝。

15.

埋叉那商量苟,

Manx chas nas shangb liangb gous,

玛商量得。

Mab shangb liangx des.

几分几秀,

Jis fenb jis xius,

几现几意。

Jis xianb jis yix.

开笼放鸟,

Kaib longb fangb niaos,

开弓放箭。

Kaib gongb fangb jianx.

开门放口,

Kaib menb fangb kous,

开口放话。

Kais koub fangb huas.

埋叉不鸟洞扛,

Manx chas bub niaos dongb gangx,

不弄洞扛。

Bus nongb dongb gangx.

鲁楼埋扛阿善,

Lub lous manx gangx as shanb,

鲁弄埋扛阿寿。

Lub nongb manx gangb as sout.

扛剖苟猛吉袍几斗,

Gangb boub goub mengb jis paob jis doub,

扛剖苟猛苟标苟照。

Gangb boub gous mengb gous boux gous zhaob.

标猛打豆扛单产谷产够,

Boub mengb das doux gangx danb chais gub chans gout,

照猛浪路扛单吧谷吧竹。

Zhaob mengb langb lub gangx danb bas gub bas zhub.

话拢白走白绒,

Huas longb bais zoud bais rongb,

斗拢白夯白共。

Doub longb bais hangx bais gongb.

你们兄商量弟,父商量子。
不收不留,不嫌不弃。
开笼放鸟,开弓放箭。
开门放口,开口放话。
开口才允,开言才送。
谷种你们送了一把,米种你们送了一束。
送给我们拿将去播去种,送给我们拿将去栽去插。
播去土中发出千株千丛,种在土内长出万双万对。
发来满山满岭,多来满坪满地。

16.

得拔扛剖阿奶,

Des pas gangb boud as niet,

苟梅扛剖阿图。

Gous meib gangb boux as yub.

不放是你某家女，

Bus fangb shib nix mous jias nvd,

放了是我某家人。

Fangb les shib wob moud jias renb.

扛剖苟拢出得出龙，

Gangb boub goux longb chub des chub longt,

扛剖苟拢出发出求。

Gangb boub goux longb chub fas chub qiub.

苟篓苟拢当内沙卡，

Gous loux gous longb dangb nieb shas kax,

吉追苟不相剖相娘。

Jis zius goub bux siangb boub xiangb niangt.

苟拢承根接祖，

Gous longb chengb gens jieb zhus,

兴家旺业。

Xinb jias wangb yeb.

出笔出包，

Chub bis chub baos,

出话出求，

Chub huas chub qiut,

出乖出岭，

Chub gueb chus liongb,

出楼出归。

Chus loub chus guib.

同陇话拢白走白绒，

Tongb longb huas longx bais zhous bais rongb,

同图话拢白夯白共。

Tongb tub huas longb bais hangx bais gongt.

笔拿打声，

Bib das dax shongb,

包拿打缪。

Baot nax das miout.

你拢白苟白让,

Nib longx bais goud bais rangb,

炯拢白加白竹。

Jiongb longb bais jias bais zhub.

你拢白读白洞,

Nis long bais dub bais dongb,

炯拢白夯白共。

Jiongb longb bais hangx bais gongb.

女儿送给我们一个,小姐送给我们一位。

不放是你某家的女,放了是我某家的人。

送给我们做女做媳,送给我们做发做旺。

前头好来待人待客,后头好来承接香火。

好来承根接祖,兴家旺业。

做旺做大,做发做登。

做富做贵,做繁做荣。

如竹发来满坡满岭,似木发来满坪满地。

发如群虾,多似群鱼。

居来满坡满岭,坐来满村满寨。

居来满坪满地,坐来满峡满谷。

17.

扛剖苟拢孙而子,

Gangb boub goux longb sengb erb zis,

子而孙,

Zis erb shengb,

子子孙,

Zis zis sengb,

子贤孙。

Zis xianb sengb.

发人发家,

Fas renb fas jiax,

发千发万。

Fas qianb fas wanx.

发达发旺，

Fab dax fas wangb,

发富发贵。

Fas fub fas guis.

无量无数，

Wub liangb wub shux,

无穷无尽。

Wub qiongb wub jinx.

送我们生而子，子而孙，
自子孙，自贤孙。
发人发家，发千发万。
发达发旺，发富发贵。
无计无数，无穷无尽。

三、敬佩赞美

1.

他拢洞照蒙浪打炯汝萨，

Tab longb dongb zhaos mengb langx das jiongb rub sead，

忙拢浪照蒙浪打龙汝度。

Mangb longb langb zhaos mengb langb das longb rub dub.

洞召蒙扑，

Dongb zhaos mengb pub，

比求松斗。

Bib qius songb dout.

浪蒙度汝，

Langb mengb dub rub，

见松良度。

Jianb songb langx dus.

相蒙吧浪儿挂阿干，

Xiangb mengb bas langb jis guab as ganx，

吧洞儿拿阿走。

Bas dongb jis nab as zoub.

他拢洞蒙儿炯见苟，

Tab longb dongb mengb jis jiongx jianb gous，

吉溜见公。

Jib lius jianb gongx.

岔萨见内楼吾楼斗，

Chas sead jianb nieb lous wub lous doux,

不度见内闹绒闹潮。

Bub dub jianx nieb niaos rongb naos chaos.

今天听了你的几首好歌，今日闻到你的几篇好话。

听你高谈，如雷贯耳。

闻你阔论，似电触目。

真乃百闻不如一见，百听不如一临。

今天听你连说成章，连讲成篇。

吟诗流畅涌泉流水，讲话流利龙下河。

2.

扑共扑让，

Pub gongb pub rangx,

除松除萨。

Chub songb chub sead.

扑高扑特，

Pub gaos pub tes,

兵度见苟。

Bingb dus jianb gout.

然鸟然弄，

Ras niaox ras nongb,

萨达度篓。

Sead dab dub loux.

扑见扑养，

Pub jianb pux yangb,

吾篓吾达。

Wub lous wub dax.

莎尼猛乖浪得，

Sead nib mengb gueib langx des,

猛度浪嘎。

Mengb dus langx gas.

冬内浪乖，

Dongb nieb langb gueis,

王记浪肚。

Wangb jis langx dub.

大绒浪得，

Das rongb langb des,

达潮浪搂。

Dab choub langb lout.

绒首绒得，

Rongb soub rongb des,

炯得炯归。

Jiongb des jiongb guis.

尼汉蒙头浪得，

Nib hais mengb tous langb des,

猛抗浪嘎。

Mengb kangb langx gas.

猛内浪茶，

Mengb nieb langb chas,

茶然浪标。

Chas rab langb boub

谈今论古，吟诗颂赋。

高谈阔论，出口成章。

嘴马言谈，口似悬河。

谈吐不俗，滔滔不绝。

真是大官的儿，贵族的孙。

政界的官，皇帝的臣。

龙王的子，凤凰的蛋。

龙生龙子，虎生虎儿。

乃是书香子弟，名门之子。

将门之后，文才之家。

3.

格蒙通虾通理，

Geib mengb tongb xias tongb lib，

通头通抗。

Tongb tous tongb kangx.

相蒙茶善乙斗，

Xiangb mengb chas shuanb yub doub，

然岭便庆。

Rab liongb bias qingb.

明先咱汝，

Mingb xianb zhas rub，

汝格汝葡。

Rub geib rub pub.

安奶安乖，

Anb nieb anx guenib，

安头安抗。

Anb tous anb kangx.

安哈安篓，

Anb has anb lous，

安冬安汝。

Anb dongb ans rub.

看你通书达礼，通文达仪。

真是才高八斗，学富五车。

真才实学，名不虚传。

知条知款，知书知文。

知礼知仪，知多知深。

4.

再斗祥寻古，

Zaib doub yangb xinb gus，

知始终。

Zhis shib zongb，

先度乖，

Xianb dub gueib，

通松萨。

Tongb songb seab.

扑补虾，

Pub bub xias，

岔便然。

Chas bias ras.

礼猛康，

Lis mengb kangx，

卡猛单。

Kas mengb danx.

爷苟照，

Yeb gous zhaob，

安格那。

Anb geis nas.

先乖明，

Xianb gueib mingb，

通补告。

Tongb bus gaos.

吉弄安便，

Jis nongb anb biax，

苟夯安豆。

Gous hangx anb doub.

几篓安猛便产豆，

Jis loux anb mengb bias chanb doub，

吉追安报便吧就。

Jis zius anb baos biax bas jiub.

照茶补然，

Zhaos chas bub rabs，

莎通莎先。

Sead tongb sead xianb.

纠排乙告，

Jius paib yus gaox，

格板明透。

Geib bans mingx tout.

还有详寻古，知始终，

精国语，通辞赋。

谈三纲，论五常。

知天罡，识易数。

辨六壬，懂星宿。

精阴阳，通三才。

上知天文，下知地理。

前知五千年，后知五百岁。

六韬三略，无有不熟。

九宫八卦，无有不精。

5.

浪样达起喳鸟见头，

Langb yangx das keib chas niaob jians tout,

喳弄见抗。

Chas nongb jianb kangx.

油头油抗，

Yous toub youb kangx,

通足先汝。

Tongb zub xhub rub.

腊文腊无，

Las wenb las wub,

扑术扑溜。

Pub shub pub lius.

相蒙尼汉猛茶猛然，

Xiangb mengb nib hais mengb chas mengb ras,

实在尼汉猛哈猛篓。

Shib zais nib hais mengb has mengb lous.

安篓安追，

Anb lous aix zuis,

归虾告礼。

Gius xiab gaos lib.

萨忙度强，

Seab mangb dub qiangx,

样样熟沙。

Yangb yangb shub shab.

内洞炯闹兵莎，

Nieb dongb jiongb niaos bingb sead,

特挂内共。

Teb guab nieb gongt.

通虾归理，

Tongb xias guib lib,

再头汝葡。

Zaib tous rub pub.

茶然特补，

Chas rab teb bux,

扑头扑抗。

Pub tous pub kangb.

见哈见篓，

Jianb has jianb lous,

见弄见然。

Jianb nongb jianx rab.

扑度没公，

Pub dub meib gongb

除莎没儿。

Chub sead meib jis.

汝度汝树，

Rub dub rub shub,

几久吉够。

Jis jiub jib gous.

这样出口成章，开口成文。

引经据典，博学多才。

横竖皆通，辩才无碍。
乃雄才大略，是足智多谋。
博今通古，引古证今。
诗词歌赋，样样全能。
古云七步成诗，胜过古人。
通情达理，举世闻名。
文才盖世，子曰诗云。
举止端庄，文质彬彬。
出语有条，理论有根。
词语精华，无穷无尽。

6.

度标内卡，

Dub boub nieb kas,

久比久缪。

Jius bib jius mious.

奶奶照寿，

Nieb nieb zhaob shoub,

久久几竹。

Jius jiub jib zhub.

尼内浪单莎腊几竹达起，

Nib nieb langx danb sead las jis zhub dab qub,

尼纵浪送莎腊吉洽达写。

Nib zongb langb songb sead las jib qiab dab xieb.

竹你窝蒙，

Zhus nib aos mengb,

洽照背瓜。

Qias zhaob beib guas.

在庭主客，洗耳恭听。
人人佩服，个个震惊。
世人听了也都震撼在心，大众听闻也都震惊在肚。
震在心中，惊在肚内。

7.

加剖浪求，

Jias boub langx qius，

久欧久到。

Jius oub jius daox.

吉标走约，

Jis boub zous yob，

不加录哭。

Bub jias lub kux.

要茶要然，

Yaos chab yaos ras，

打奶几吽。

Das nieb jis mongb.

内加内两，

Nieb jias nieb liangx，

内母内盆。

Nieb mus nieb penb.

内豆内嘎，

Nieb doub nieb gas，

内苦内录。

Nieb kus nieb lus.

几干挂柔，

Jis ganb guas roux，

几安头抗。

Jis anb tous kangx.

窝起要茶，

Aos keib yaob chas，

嘎弄要度。

Gas nongb yaox dub.

差我面上，不学无术。

家贫寒苦，生活贫困。

无知无识，天生粗笨。

蠢人呆人，笨人愚人，
蛮人粗人，苦人穷人。
虚度年华，不识章文。
肚内无才，言迟口钝。

8.

没扑几没麻豆，

Meib pub jis meib mas dout,

凸洽几竹窝蒙。

Tus qiab jis zhub aos mengb.

埋没麻陇剖几没麻长，

Manx meib max longb boub jib meib mas zhangt,

最内加乙。

Zuis niet jias yut.

搭陪几到，

Bas peix jis daox,

加照达写。

Jias zhaob dab xieb.

安加安盆，

Anb jias anb pent,

朋格朋漏。

Pongb geib pongb lous.

夫埋吉忍，

Fub manx jis renb,

猛斗下将。

Mengb doub xias jiangt.

有讲无有对答，胆战又加心惊。
你们有来我也无往，羞红耳根。
搭陪不上，抱愧在心。
知惭知愧，无处藏身。
恳求饶恕，手下留情。

9.

他拢剖尼窝雄陪兰，

Tab longb boub nix aos xiongb peib lanx,

几尼窝抓陪乖。

Jis nix aos zhab peib gueib.

窝雄陪兰，

Aos xiongb peib lans,

剖腊要萨要度。

Boub las yaos sead yaob dub.

窝抓陪乖，

Aos zhas peib gueib,

剖腊要头要抗。

Boub las yaos toub yaos kax.

得拔久到剖娘浪鲁崩鲁弄，

Des pas jius daos boub niangb langb lub bengb nub nongs,

得浓久到内玛浪鲁度鲁树。

Des niongb jius daox nieb mas langb lub dub nub shud.

浓纵腊不几久，

Nengb zongb las bub jis jiux,

相蒙腊培几到。

Xiangb mengb las beib jis daos.

将埋关否，

Jiangb manx guanx wous,

夫埋原凉。

Fub manx yuanx liangt.

今天我们是苗人陪客，不是汉人陪官。

苗人陪客，我们少歌少话。

汉人陪官，我们少书少文。

女儿没得祖宗的花卉种，男儿没得父母的歌话种。

陪情不到，搭陪不上。

求你开恩，请你原谅。

10.

龙埋吉忍，

Longb manx jis rengx，

夫埋吉莎。

Fub manx jis sead。

筐筐浪想，

Kuangb kuangb langx xiangb，

够够浪孟。

Gous gous langb mengb.

列格几够，

Lieb geib jis goux，

嘎孟报斗。

Gas mengb baos doub.

出起几筐，

Chub qub jis kuangx，

出写几头。

Chus xieb jis toub.

埋列出得——

Manx lieb chus des

猛内猛卡林起写，

Mengb nieb mengb kas liongb qub xues，

猛乖起写养昂八。

Mengb guanb qub xueb yangb ghangs bas.

出得内岭照内录，

Chub des nieb lingb zhaob niet lus，

出得内然照内假。

Chus des niet ras zhaob nieb jias.

和你讨求，与你要求。

宽宽地想，远远地看。

远看远看，莫看当面。

肚要放宽，心要放大。

你要做那——

大人君子肚量大，宰相肚内扒得船。

做那富人容穷人，做那乖人容愚人。

11.

埋浪浓纵剖斗得不，

Mangb langx nongb zhongb boub dout des bux,

埋浪度汝剖斗得见。

Mangb langb dus rub boub doub des jianx.

浓纵腊不几久，

Nongb zhongb las bub jis jiux,

几见闹猛苟追。

Jis jianb niaob mengb gous zhius.

不照窝蒙，

Bus zhaob aos mengb,

见照背瓜。

Jianb zhaob beib guas.

不猛产斗，

Bus mengb cahanb doub,

见猛吧就。

Jianb mengb bas jiux.

你的好情我们领了，你的好话我们记了。

大恩大情不忘，永远记在心中。

领在心中，记在肚内。

领去千年，记去百载。

四、古代媒人

1.

西昂梁文王浪标首汝阿奶得浓，

Xis ghangb liangb wenb wangx langb boub soub wub as niet des niongt，

虐满杨五王浪标首汝欧图得牙。

Niub mans yangx wus wangb langb boub soub rub ous tub des yas.

得浓奈出梁巴山，

Des niongb nans chus liangb bas shuanb，

得拔奈葡杨妹姐。

Des pas nanb pub yangb meib jies.

阿双牙苟，

As shuangb yab gous，

欧图得拔。

Ous tub des pas.

果同玩恩，

Guob tongb wanb ghenb，

明同玩格。

Miongb tongb wangb gheib.

同内叉单，

Tongb niet chab danx，

同那叉通。

Tongb nas chab tongb.

同崩叉袍，

Tongb bengb chas paos,
同背叉就。
Tongb beis chas jiub.
果通果明，
Guob tongb guob miongt,
果配果汝。
Guob peis guob rub.

古时梁文王家有一小子，过去杨五王家有二小女。
小子名叫梁巴山，小女名叫杨妹姐。
一双小女，两个小姐。
白如银块，亮似金光。
如日初升，似月初出。
如花才开，似果才结。
白光白亮，白美艳丽。

2.

几篓汝牙，
Jis loub rub yas,
吉追汝羊。
Jis zius rub yangb.
配良崩瓜，
Peib langb bengb guas,
汝良崩李。
Rub liangb bengb leib.
天香国色，
Tianb xiangb guob sed,
美貌如花。
Meix maos rub huas.
出头楼豆，
Chus toub lous doux,
尼青楼斗。
Nis qingt rub doub.
出补汝提，
Chub bus rub tit,

出油汝面。
Chub yous rub mians.

前头好美，后头好样。
美如桃花，艳似李花。
天香国色，美貌如花。
织布巧手，纺纱巧活。
织布好光，织锦好面。

3.

苟扛苟让梁巴山，
Gous gang gous rangd liangb bas shuanx,
克咱江起，
Keb zhas jiangb qux,
梦干江写。
Mengb ganb jiangb xiet.
排照大起，
Paib zhaob das keit,
秋照大写。
Qiub zhaob das xiet.
你排得牙，
Nib paib des yanb,
炯想得羊。
Jiongb xiangb des yangb.
你排酷目，
Nis pais kub mub,
炯想酷梅。
Jiongb xiangb kub meis.

让那小伙梁巴山，
看到爱在心中，瞧见想在心内。
想在心中，爱在心内。
想那小姐，爱那贵女。
想那美样，爱那美貌。

4.

大起吉内腊纵几立，

Das keib jis niet las zhongb jis lib，

达写吉忙腊纵吉良。

Das xieb jis mangb las zhongb jib niang。

否腊几内寿录寿走，

Woub las　jib niet soud lub soub zous，

吉忙寿格寿那。

Jib mangb shoub geib shoub nas.

能锐几没江嘎，

Nengb ruis jib meis jiangx gas，

能列几没江记。

Nongb lieb jis meib jiangb jit.

能锐几没纵达，

Nongb ruis jis meib zhongs dab，

能列几没纵这。

Nengb lieb jis meib zongs zhet.

你排几没豆，

Nib pais jid meix dout，

炯想几没内。

Jiongb xiangb jis meib niet.

报梅几没斗穷，

Baos meib jib meis doub qiangt，

吉久几没斗昂。

Jis jiub jis meib doub ghax.

白天心中也都在想，晚上心内也都在爱，

他也白天数那树叶草叶，晚上数那颗颗星星。

吃菜没有胃口，吃饭没有味道。

吃菜不坐肚中，吃饭不居肚内。

爱得没方，想得没法。

脸上没有血色，身上瘦了皮肉。

5.

梁文王达起格咱,

Liangb wenb wangx das keib keis zhas,

干干抄你大起。

Gans gans chaob nis das keib.

内岭达起梦干,

Nieb liongb das keib mengb keit,

头板抄照达写。

Tous banb chaos zhaob das xieb.

安洞苟休单昂出秋,

Anb dongb gous xiub danb ghab chub qiut,

苟让单虐出兰。

Gous rangb danb niub chus lanb.

达起比到便到,

Dab keib bis daob biax daob,

三番五次,

Shanb fanb wub cis,

奉请木豆当——

Fongb qingb mub doub dangx—

充蒙候猛两苟出秋,

Chongb mengb hous mengb liangb gous chub qius,

列蒙候猛两公出兰。

Lieb mengb hous mengb liangx gongb chus lans.

梁文王这才看见,暗地操心。

富翁这才看到,这才担心。

知道孩儿已到成亲之时,小儿已到结婚之期。

这才四次五次,五次三番,

奉请木豆当——

请你去探路开亲,要你去探道结义。

6.

几通容吾，

Jis tongb rongb wus,

鲁楼列猛吉忍，

Lus loub lieb mengb jis rengb,

鲁弄列猛吉莎。

Lus nongb lieb mengb jis shad.

开荀出秋，

Kaib gous chub qius,

开公出兰。

Kais gongb chus lanx.

补头否求，

Bus toub woub qius,

绒善否闹。

Rongb shuanb woub niaox.

会约炯瓦乙瓦，

Huis yob jiongb was yux wab,

猛约炯道乙道。

Mengb yos jiongb daos yub daot.

出秋叉见，

Chub qius chas jianb,

出兰叉到。

Chub lans chas daob.

欧标达起见秋，

Ous boux dab qub jianb qiub,

欧松达起见兰。

Ous songb dab qub jianx lans.

冬豆叉到荀闹，

Dongb doub chas daob gous niaox,

冬蜡叉到公会。

Dongb las chas daon gongb huis.

挖通水沟，

谷种要去取讨，米种要去讨求。

开亲有路，结义有道。

大坡要上，大岭要下。

走了七番八次，去了七道八道。

开亲才成，结义才就。

两家这才开亲，两姓这才结义。

世间才有路走，人间才有路行。

7.

虐满杨王生两妹，

Niub manx yangb wangb shengb liangb meib,

共父各母不同娘。

Gongb fub ged mus bub tongx niangx.

生得好好长得配，

Shengb dex haob haob zhangs dex peib,

人才松汝儿良养。

Renb caib songb rub jib liangb yangb.

主子重明才起意，

Zhub zis zhongb mingx cais qis yib,

克干汝拔窝起江。

Ked ganb rub pab aos qit jiangx.

叉充媒人苟苟会，

Chab chongb meis renx goud goud hui,

闹内浪追孟吉两。

Laob niex nangd zhuib mengx jib liangb.

古时杨王生两妹，共父各母不同娘。

生得好好长得美，人才美貌无比场。

主子重明才起意，看见美女心中想。

才请媒人去商议，走去她家讨婆娘。

五、分姓开亲

1.

奶棍骂勾尼前代，

Ned ghuib mangt ghu nis njanl deb,

后代首单奶几冬。

Houb deb soud dand nex jib doub.

五姓才苗尼否奈，

Wut xinb nzel miaol nis boul hnant,

阿谷呕巴呕骂共祖宗。

Ad gul oub bad oub mangt gongb zut zongd.

奶棍叉勾姓名变，

Ned ghuib chad geud xinb minl bianb,

开亲结义达起浓。

Ked qind jel nib chad kit niongx.

首得首卡首出转，

Soud deb soud giead soud chud zhans,

你半几拉阿半冬。

Nib bans jib las ad banx doub.

龙父凤母为前代，后代才养人凡间。

五姓才苗是他喊，一十二姓共祖先。

凤母才把姓名变，开亲结义发起来。
养儿养女一大串，发达住遍满人间。

2.

谈今讲古人人爱，
Ndanl jid jangt gut reil reil ngeb,
告求度共埋捕齐。
Ghob nhangb dut ghot mex pud nqib.
昂牛满莎扑半，
Xib ngangx nius manl sat pud bans,
吉奈列勾莎修齐。
Jid hnant lies geud sead xub ndeil.
加剖奶加告奶然，
Jad boub nex gial ghob nex rans,
列扑度共剖几水。
Lies pud dut ghot boub jid sheib.
最奶白比册埋慢，
Zeix nex bed bloud ced mand mant,
尽是通情又达理。
Jinb sib tongd njinl youb dal lit.
讲了前古讲后代，
Jangt liaot njanl gut jangt houb deb,
扑送开天抱牛吾西。
Pud sot ked tiand baos nius wub xib.
不会重复把话太，
Bul feib nzongl fud bat huab tanb,
照追出莎陇达培。
Zhaos zheit chud sead lol dal nbeil.

谈今讲古人人爱，各样话题都讲了。
过去古代都讲遍，商议要把歌言考。
差我待人的方面，要讲古话不会搞。
满屋人多都灵便，尽是通情达理高。

讲了前朝讲后代，开天立地到前朝。
不会重复把话谈，随后我来唱歌谣。

3.

仡兰大姓
Deb lanl ghob xinb

见棉见你转求，
Jant mianl jant nib zhant njoud,
见陇见照转帕。
Jant nhol jant zhaos zhant peab.
见棉拿见汝棉，
Jant mianl nax jant rut mianl,
见陇莎拿汝陇。
Jant nhol sat jant rut nonl.
打奶得兰，
Dab leb deb lanl,
内吉想读哟阿瓦陇棉，
Nex jid xangd dul jul ad weax nhol mianl.
否拿读哟补瓦陇棉。
Boul nax dul jul bub weax nhol mianl,
内吉想读半阿瓦浪陇，
Nex jid xangd dul bans ad weax nangd nhol.
否拿读哟补瓦浪陇。
Boul nax dul jul bub weax nangd nhol,
否你藏龙，
Boul nib ncangb ndenb.
炯藏同。
Jongt ncangb ndeid.
你吉留勾梅，
Nib jid lious goud mel.
炯吉留得拔。
Jongt jib lious deb npad.

打豆拿洽巴绒，

Dab doub nax nqeat bal rongx.

打吧拿洽巴棍。

Dab blab nax nqeat bal ghuib.

吉乡明松拿江否猛，

Jid xangd mlens seib nax jangt boul mongl,

吉乡明当拿江否会。

Jid xangd mlens dangt nax jangt wud huet.

那将包龙声，

Nangb jangt baos mus shob,

勾将包磅柔。

Goud jangt baos bangt roub.

兰果将包夯共，

Lanl ghueub jangt baos hangd gongb,

兰乖将包达雷。

Langl ghueb jangt baos dao loib.

猛哟阿名阿送，

Mongl jul ad menl ad seib,

猛哟阿巴阿骂。

Mongl jul ad bad ad mangt.

昂奶否候中某尼，

Ngangx hneb boul heud jex nongx niex,

昂弄否候中某油。

Ngangx nongt wud heud jex nongx yul.

同陇否花白走白绒，

Ndongx hlod boul fad bed zeux bed reix,

同图否花白夯白共。

Ndangx ndut wud fad bed hangd bed ghot.

祭祖祭在转求，椎牛椎在转帕。
祭祖也都顺畅，法会也都顺利。
几个得兰，
人们还没跳鼓一圈，他就跳了三圈。

人们还未走完一程，他就走了三程。

藏刀把，暗利刃。

跳鼓守着姊妹，转鼓护着妻室。

众人怕他犯规，大家怕他坏事。

天还没亮就喊他走，天还未明就叫他行。

兄走去到龙声，弟住到磅柔。

兰果放到夯共，兰奶放到达雷。

走了一名一姓，分了一父一子。

今后他们不再跳鼓，此后他们不兴椎牛。

如竹他发满坡满岭，似木他发满坪满地。

4.

读陇呕瓦会吉现，

Dul nhol oub weax fet jid xanb,

得奶告求休起松。

Deb ned ghob njoux xeud qit seid,

尼内客咱叉吉奈，

Nis nex nkhed zead sat jid hnant,

吉相明松将否猛。

Jid xangd mlengs songb jangt woul mongl.

奶果奶乖会埋慢，

Nex ghot nex gueb fet met met,

立补立召炯夯共。

Lix bul lix zhot jongt hangl ghot.

阿巴阿玛照拢开，

Ad bax ad mat zhos nengd keab,

阿明阿送分你拢。

Ad mingl ad senb fend nib nend.

鼓舞两次走两圈，得奶面上就起心。

是人见了才相劝，天还没亮放他奔。

奶果奶乖走串串，建家安住坐夯庚。

一宗一父从此开，一名一姓在此分。

5.

吴姓
Ghob xaot

朴单吴家仡削，

Pud dand wul giad ghob xaot，

吴闪包你记容，

Wul shanb baot nib jib yib，

吴闪归炯告哭。

Wul shanb ghuib jongt ghob khud.

比干你吾林，

Bit giand nib wub liongb，

洞鲁立笔齐。

Dongs lut lix bid njit.

打金立吧棍，

Dab gid lix beat guix，

打银豆板比。

Dad ninl lix banx bleid.

齐埋莎尼猛兰几补，

Jid mix sat nis mil nex jib bul，

齐埋莎尼猛嘎几冬。

Jid mix sat nis mil kheat jib deib.

发陇白吾白补，

Fad lol bed wub bed bul，

笔陇白补白冬。

Bix lol bed bul bed dongs.

猛哟呕奶浪那，

Mongl jul oub leb nangd nangb，

会哟呕图浪勾。

Huet jul oub ndut nangd goud.

讲到吴家，

吴山宝立几容，吴山贵住窝酷。

比干在卧龙坪，洞鲁立丙池。
吴金立黄岩，吴银立排碧。
他们都是大人君子，他们都是宗支大姓。
发来满山满水，坐来满坪满地。
去了两个的兄，分了两支的弟。

呕图吴嘎叉拢单，
Oub ndut ul gad cad longl dand，
三保三贵你吉容。
Sand bot sand gueib nieb jid yongx.
吴金吴银——
Wul jind Wul nil—
立照排比通黄岩，
Lix zhaos banx bleid tongd fangl ngeal，
比干比锤尼五林。
Bid gand bid nzhit nieb wub lient.
花汝首林吉判满，
Fal rut soud liox jid peab mant，
出豆出他照阿洞。
Chud doud chud ntat zhos ead dongb.

两位吴家好人才，山宝山贵坐吉营。
吴金吴银——
立在排碧到黄岩，比干比锤卧龙坪。
发好养大人坐满，做发做旺大繁荣。

6.

龙姓
Longl xaot

朴单仡僚，
Pud dand ghob liol，
齐埋莎没补奶浪那，

Jid mix sat mex bub leb nangd nangb,

牛满自尼补图浪勾。

Nius manl doub nis bub ndut nangd goud.

齐埋莎尼补莎、补首、补叫。

Jid mix sat nis poub sad、poub soud、poub jaot.

立你几板得让留兄，

Lix nib jib banb deb rangl lieux xongb,

炯照勾格排录比补。

Jongt zhaos gheul gieb banx nus bid bul.

打炯猛立补格，

Dab jod mongl lix bul gieb,

录孺猛立让烈。

Nus rud mongl lix rangs lel.

打弄猛立峒期，

Dab nongb mongl lix dongs qongb,

达瓜猛立补玛，

Dab guead mongl lix bul mangl.

得奶猛立补梅，

Deb lel mongl lix bul mel,

桥保猛立抓叫。

Njaod baot mongl lix zhal jot.

讲到仡僚，

祖上共有兄弟三个，从前共有兄弟三人。

名号称为补莎、补首、补叫。

补莎立在坡头幸福，补首立在老寨流兄。

打炯立在牛角，录孺立在让烈。

打弄坐在洞庆，达瓜坐在补麻。

得奶立在排不美，桥保立在卧大召。

龙家补莎大戏安，

Longl gad pud seab da xib nganl,

补首补叫阿苟林。

Pud shoud pud job ad goud liox.

立照半录通夯寨，

Lix zhot banx nus tongd hangd zeab,

得让刘信你拢洞。

Deb rangl lioul seib nieb nengd ndongb.

达共录儒，

Dab gongb nul rul,

立照补格通让奶。

Lix zhot pud ged tongd rangl nex.

得兰桥保、大弄达瓜，

Deb lanl njol bot、dad longd dad guab,

抓叫补梅单洞冲。

Zhad zhos bul mel dand dongb chongd.

同声保汝几羊干，

Ndongl shongb beul rut jid yangx ganb,

你白炯半阿者洞。

Nieb bed jongt bans ad zhet dongs.

龙家补莎好才子，补首补叫一起大。
定居矮寨的坡头，流信村内坐满家。
大共录孺，坐在补格让奶留。
得兰桥保、大弄大瓜，大召补美洞冲大。
如虾发好满水游，住满坐遍地方发。

7.

廖姓
Liaob

朴单勒料浪松——

Pud dand lil liaob nangd seib—

比那麻布廖明，

Bleid nangb nax nbut liaob minl,

比勾麻尼廖姓。

Bleid goud nax nis liaob xinb.

廖明猛立得石云，

Liaob minl mongl lix dex shoul yunl，

廖姓猛炯干子平。

Liaob xinb mongl jongt gand zit nbinl.

几吾否拿到汝猛吾，

Jib wub boul nax daot rut mil wub，

几补到汝猛补。

Jib bul daot rut mil bul.

你陇白走的绒，

Nib lol bed zeux bed reix，

炯陇白夯白共。

Jongt lol bed hangd bed ghot.

勾追斗陇久兰，

Goud zheit deul lol hliob nex，

吉追兰陇汝纵。

Jib zheit fad lol rut zos.

你去告补几豆，

Nib nqib ghob bul jib doub，

炯去告绒吉现。

Jongt nqib ghob reix jid xanb.

讲到那廖一姓，

大哥叫作廖明，老弟叫作廖姓。

廖明立在吉信场，廖姓立在杆子坪。

得那大水大溪，得那大岭大山。

坐得满山满溪，居得满川满野。

以后发了很多，后来发得很旺。

坐得稳稳当当，住得扎扎实实。

仆单廖家全件安，

Pud dand liob gad janl janl nganl，

立补炯照干子平。

Lix bul jongt zhos gant zit nblenl.

炯照豆吾禾豆干，

Jongt zhos deib ub ob doub ganb,

再斗邦苟汝让龙。

Zeab doul bangt gheul rut rangs nongx.

出斗出他头吉研，

Chud ndoud chud ntat ndoul jid nkan,

同缪保汝话白容。

Ndongl mloul beul rut fal bed yongx.

讲到廖姓人人知，安家安在杆子坪。
坐在河边的岸头，还有大山好开垦。
做发做旺喜悠悠，如鱼发好满繁荣。

8.

石姓
Shil xaot

朴单瓜菟，

pud dand ghueas doub,

岔送瓜柔。

Chat sot ghueas roub.

齐埋自尼剖共大钱，

Jid mix doub nis poub ghot dab njanl,

剖共大钱叉首席甲巴标。

Poub ghob dab njanl chad soud xieb jad bad blaod.

席甲巴标，

Xieb jad bad blaod,

内洞出汉那外勾，

Nex dox chud hant nangb weab goud,

骂外得。

Mangt weab deb.

席甲达起几江达起，

Xieb jad chad kit jex jangx dab qib,

几肯达写。

Jid nkongt dab xed.

叉寿老半，

Chad sheub laot banx，

叉弟老炮。

Chat det laot paot.

猛立补堵留当，

Mongl lix bul dul lioub dangs,

告瓜吧穷。

Ghod ghueas bleat nqit.

巴标达起吉长纵你，

Bad blaod chad kit jid zhangd zongx nib,

几长秋炯。

Jid zhangd qeut jongt.

讲到罐菀，说到罐柔。

他们的祖先叫大钱，后来养育了席甲巴标。

席甲巴标，

传说兄骗弟，父骗子。

谢甲他才心里不爽，肚内不乐。

才离本乡，才弃本土。

去立龙坛之地，雅桥板塘之处。

巴标这才倒转地楼，倒安火塘。

否首阿首、阿油，

Boul soud ab soud、ad youl,

他柔、秋柔、他保。

Teab roub、qeut roub、teab baot.

他柔猛你补毫，

Teab roub mongl nib bul hob,

秋柔猛炯吉瓜。

Qeut roub mongl jongt jib ghueas.

阿首猛你打瓦，

Ad soud mongl nib dab was，

阿油猛立岩罗。

Ad youl mongl lix ngel laol，

他保猛立吧绒夯图。

Teab baot mongl lix blab reib hangd ndut.

齐埋拿尼猛兰几补，

Jid mix nax nis mil nex jib bul，

莎泥猛嘎几冬。

Sat nis mil kheat jib deib.

笔拿打声，

Bix nangs dab shongb，

包拿打缪。

Beul nangs dab mloul.

笔包楼归，

Bix beul nous ghuis，

出话出求。

Chad fad chad njout.

他生阿首、阿油，

他柔、秋柔、他保。

他柔去立补毫，秋柔去立芷耳。

阿首去立打瓦，阿油去立岩罗。

他保去立的便绒夯图。

父子皆是大人君子，兄弟老实本分。

发如群虾，多似群鱼。

发达兴旺，万代繁荣。

江单石家浪阿玛，

Jangt dand shil gad nangd ad mat，

剖共大钱炯你拢。

Poub ghot dab njanl jongt nib nengd.

立你强图高容瓜，

Lix nieb njangl ndut gheat yongx guab，

席甲巴标阿苟林。

Xid jal bad nblod ad goud liox.

席甲弟猛溜当嘎，

Xid jal doub mongl lioub dangs gheat，

阿那巴标吉篇纵。

Ad nangb bad nblod jid zhangd zongx.

他柔、秋柔、阿首、阿油高他保，

Tad roub qoud roub、ad shoub ad youl ghox tad bot，

便奶那苟阿奶骂，

Nblab leb ad goud ad leb mat.

立照补毫吉瓜单岩罗，

Lix zhos but hob jid guab dand ngeal lol，

苟让他保你便绒。

Goud rangt tad bot nieb nblab renx.

内拿汝浪家拿话，

Nex nangx rut nangd jad nangx fal，

毕拿打缪保同声。

Bix nhangb dab mloul beul ndongl shongb.

讲到石家一姓话，老人大田坐这里。
立在强图到容瓜，席甲巴标他养齐。
席甲他去溜当坝，大哥巴标倒炉居。
他柔秋柔、阿首、阿油和他保，
五个弟兄齐长大，立在补毫吉瓜到岩罗，
小弟他保立便绒。
人也好来财也发，发如鱼虾多如水。

9.

麻姓
Mal gad

朴单阿兰卡绒，

Pud dand ad lanl khad reix，

阿兰卡绒，

Ad lanl khad reix,

叉首老首老远。

Chad soud leud shout leud yant.

老首立你久半，

Leud shout lix nib jib banb,

老远斗炯九水。

Leud yant doub jongt jib shuid.

斗你吉江吉为，

Doub nib jib njangl jib weis,

斗炯比周毛平。

Doub jongt bid zhoud max nbinl.

你陇莎拿白补，

Nib lol sat nax bed bul,

炯陇莎拿白洞。

Jongt lol sat nax bed dongs.

分哟照明照松，

Fend jul zhaos menl minl seib,

猛哟照巴照骂。

Mongl jul zhaot bad zhaot mangt.

你起布剖布娘，

Nib qit nbut poub nbut niangx,

炯去布奶布骂。

Jongt qit nbut ned nbut mangt.

讲到阿兰卡绒，
阿兰卡绒，才养老首老远。
老首立在九板，老远立在九水。
坐在吉卫高头，迁到比周毛平。
坐得满山满岗，坐得满坪满地。
分了六宗六族，去了六名六姓。
坐得兴宗旺祖，居得光祖耀宗。

阿兰卡绒话出忙，

Ab lanl khad rongx fal chud mangl,

出豆话汝照阿冬。

Chud doud fal rut zhos ead ndongb.

否首老周龙老堂，

Woul soud leud zhoud nhangs leud ndangl,

斗炯几江吉卫猛。

Doub jongt jib jangdx jib weis mongl.

久半久水猛板当，

Joud band joud sheit mingl banx dangs,

立补到汝禾得平。

Lix bul dot rut ob dex bix.

阿兰卡绒发成帮，做荣发好在那里。

他养老周和老堂，坐满几江到吉卫。

久半久水大地方，安家得好大平地。

10.

施姓

Sid xaot

朴单阿梅卡夯。

Pud dand ad mes khad hangd.

阿梅卡夯，

Ab mel khad hangd,

叉首老周老堂。

Chad soud leud zhoud lead ndangl.

齐埋斗你夯然，

Jid mix doub nib hangd rax,

否判斗炯家卡。

Jid mix doub jongt jangb khad.

立你告崩苟先，

Lix nib ghob bob gheul xanb,

炯你告太苟吧，

Jongt zhaos ghob gieb gheul bleat.

几吾到汝猛吾猛斗，

Jib wub daot rut mil wub mil deul,

几补到汝猛夯猛共。

Jib bul daot rut mil hangd mil ghot.

笔拿打声，

Bix nangs dab shongb,

包拿打某。

Beul nangs dab mloul.

分哟炯明炯送，

Fend jul jongs menl jongs seib,

猛哟炯巴炯骂。

Mongl jul jongs bad jongs mangt.

讲到阿梅卡夯，

阿梅卡夯，他生老周老堂。

他们立了夯然，他们坐在加卡。

立在大兴大寨，立在大兴小寨。

他好一条大溪大河，他好一条大冲大川。

发如群虾，多似群鱼。

分了七宗七祖，去了七名七姓。

江单阿梅卡夯埋，

Jangt dand ad mes kheat hangl mel,

夯然加卡否猛立。

Hangl ranl jad kheat woul mongl lix.

老首老远炯苟先，

Leud shoud leud yant jongt goud xanb,

湾吾邦处旧标你。

Wand ub bangt chut jous nbloud nieb.

斗汝话久吉判满，

Doud rut fal jub jid peab mant,

得拔得浓莎首齐。

Deb npad deb nit sat soud nqib.

讲到阿梅卡夯来，夯然加卡他去居。
老首老远坐苟先，河湾滩上把屋起。
发好发多发得快，男女老少子都满齐。

11.

又一石姓
Yab mex ad leb shil xaot

再斗阿奶乞灌。

Zeab doul ad leb ghob ghueas,

否尼四古剖共。

Boul nis sib gut poub ghot.

又首比首立瓜松，

Chad soud bid soud lix ghueas sob,

又笔比闹炯瓜鲁。

Chad bix bit hlaob lix ghueas nud.

得江立你夯寨，

Deb jangd lix nib hangd zeb,

巴拔斗炯告抓。

Bed npad doub jongt gheul zhal.

洞尼猛立吾公，

Dongx niex mongl lix ongd kaod,

洞油立你吾哭。

Dongx youl lix nib ongd nkud.

补齐猛立补共，

Bul nqib mongl lix bul gongb,

兄修立你苟主。

Xongd xub lix nib gheul zhud.

汝那汝勾，

Rut nangb rut goud,

汝纵汝忙。

Rut zos rut mangl.

猛哟乙明乙送，

Mongl jul yil menl yil seib,

猛哟乙巴乙骂。

Mongl jul yil bad yil mangt.

还有一个仡灌，他是四古老人。

他生比首立到雷公，他养比闹住在豆子。

得江立在夯寨，巴拔住在高抓。

洞尼立在翁科，洞油住在翁坪。

补齐立在补共，兄休住在苟主。

好兄好弟，好群好众。

去了八名八姓，分了八父八子。

剖共四古浪内奈，

Poub ghot sib gut hnangd nex hnant,

首汝阿标得休林。

Soud rut ad nbloud deb xub liox.

背首背闹册埋慢，

Beib soud beib lob cel mex mex,

立照瓜录单瓜松。

Lix zhot guab ndud dand guat sob.

得江巴拔炯夯寨，

Deb jangd bad npad jongt hangd zeab,

立包吾库单吾公。

Lix zhot ob khud dan ob gongb.

补齐立猛补共占，

Bul njib lix mongl bud ghot zhans,

兄休斗炯苟主冬。

Xongd xoud doub jongt goul zhul dib.

老人四古听人念，养多一屋好儿孙。

背首背闹多成片，立在豆子雷公村。

得江巴拔坐夯寨，洞尼翁科坐满坪。

补齐兄休补共占，兄休坐在苟主岭。

12.

隆姓
Longl xaot

朴单仡卞，

Pud dand ghob biant，

剖共老米。

Poub ghot leud miel.

焖谷焖就，

Jongs gul jongs jiut，

呕寿呕太。

Oub sheub oub teb.

乙谷乙就，

Yil gul yil jiut，

呕当呕堂。

Oub dangl oub ndangl.

纠谷纠就，

Jox gul jox jiut，

叉兰阿娘烂子高。

Chad nes ab niangx lanb zit gaod.

叉首他米、让龙、剖豆、达卡、阿首、阿羊。

Chad soud dab miel、rangs nus、poub doub、dab khad、ab soud、ab yangl.

他米猛立溜豆，

Dab miel mongl lix lioud doub，

让龙猛共穷。

Rangs nus mongl lix ghot nqit.

剖豆猛立排拿楼，

Poub doub mongl lix banx las noux，

达卡立你吾茶。

Dab khad lix nib wub ncad.

老剖猛立几都，

Leud poub mongl lix gid dud，

老袍立你板九。

Leud nbol lix nib banx jub.

阿首立你补奶,

Ad soud lix nib bul lel,

阿羊斗炯拿乙。

Ad yangl doub jongt lax yib.

猛哟纠名纠送,

Mongl jul jox menl jox seib,

会哟纠巴纠骂。

Huet jul jox bad jox mangt.

齐埋汝兰汝纵。

Jid mix rut nex rut zos.

否判汝纵汝忙。

Jid mix rut zos rut mangl.

莎尼猛兰几补,

Sat nis mil nex jib bul,

莎尼猛嘎几冬。

Sat nis mil kheat jib deib.

话陇白走白绒,

Fad lol bed zeux bed reix,

笔陇白夯白共。

Bix lol bed hangd bed ghot.

朴单仡卞,老祖老米。

七十七岁,两妾两妻。

八十八岁,两婚两娶。

九十九岁,又娶阿娘烂子高。

他生他米、让龙、剖豆、达卡、阿首、阿羊。

他米坐在溜豆,让龙住在广车。

剖豆坐在麻连,达卡住在吾茶。

老剖坐在几都,老袍住在半久。

阿首坐在补奶,阿羊住在腊乙。

去了九名九姓，分了九父九子。
他们好人好众，他们好众好群。
都是一些大人，更是一帮君子。
发来满坡满岭，育来满坪满地。

剖共老米禾内然，
Poub ghot leud mlel ob nex ras,
纠谷纠就汝苟冬。
Jox gul jox jiut rut goud dongb,
得恩嘎格首出占，
Deb ngongx giead nggeb soud chud zhans,
达卡立包吾查猛。
Dal kheat lix bos ub nzad mongl.
他米让龙炯吉现，
Tad mid rangb longx jongt jid xanb,
溜豆共穷匡阿充。
Lioux doub ghob nqit kuangb ad congd.
几都板久汝吉奈，
Jid dud banx joud rut jid hnant,
腊乙补奶炯几分。
Lax yib bul lel jongt jid fend.

老人老米是好汉，九十九岁好功能。
金孙银儿一大片，达卡立在吾查村。
他米让能坐一线，溜豆共穷宽得很。
几都板久好呼唤，腊乙补奶坐得稳。

13.

梁姓
Liangl xaot

朴单得卡，
Pud dand deb khad,

齐埋斗你五绒，

Jid mix doub nib wub rongx.

否判立照板修。

Jid mix lix zhaos banx xoud.

立你得吾水田，

Lix nib deb wub sheit njanl,

炯照苗绒吾连。

Jongt zhaos mleus rongx wub lianl.

几吾汝汉窝得龙某，

Jib wub rut hant ghob dex rongs mloul,

几补汝汉窝秋龙冬。

Jib bul rut hant ghob qeut rongs nieax.

得拔莎拿首林，

Deb npad sat nax soud liox,

得浓莎拿首篇。

Deb nit sat nax soud zhangl.

笔陇白吾白补，

Bix lol bed wub bed bul,

包陇白补白洞。

Soud lol bed bul bed dongs.

猛哟谷明谷送，

Mongl jul gul menl gul seib,

会哟谷巴谷骂。

Fend janx gul bad gul mangt.

讲到得卡，

他们坐在五绒，他们立在半休。

立在小河水田，坐在苗绒五连。

有溪有水可以捕鱼，有山有岭可以撵肉。

女儿也都养大，男子也都养成。

发来满山满水，旺来满坪满地。

去了十名十姓，分了十父十子。

梁家斗炯冬水田，
Liangl gad doub jongt denb sheit njanl，
炯照号阿出阿如。
Jongt zhos hob ead chud ad rux.
保纵几连冬花远，
Bot zeib jid lianx tongd fad yand，
得拔得浓莎首足。
Deb npad deb nit sat soud jud.
出豆出他久内安，
Chud ndoud chud ntat jub nex nganl，
禾卡浪纵嘎养久。
Ob khad nangd zos ghad yangl jub.

梁家他坐到水田，坐在水田好地方。
保靖连接到花垣，女儿男子都生养。
做发做旺发得快，禾卡的人很高尚。

14.

田姓
Njanl xaot

朴单仡徕，
Pud dand ghob lel，
岔单否判。
Chat dand jid mix.
田拿哈，
Njanl las hab，
立子花，
Jongt zid huab.
久龙嘎。
Jex nongx gheab，
田老吼，
Njanl las hout.

你朋吼，

Nib nbongl hout,

久龙狗。

Jex nongx ghuoud.

猛哟阿谷阿明，

Mongl jul ad gul at menl,

会哟阿谷阿送。

Fend chud ad gul at seib.

笔哟阿谷阿巴，

Bix jul ad gul at bad,

话哟阿谷阿骂。

Fad janx ad gul at mangt.

讲到仡徕，说到他们。

田拿哈，立子花，不吃鸡。

田老吼，坐蓬湖，不吃狗。

去了一十一姓，分了一十一名。

生了一十一支，发了一十一宗。

田拿哈否立禾莎，

Njanl nab had woul lix ob shad,

田老吼否炯朋吼。

Njanl leud hout woul jongt bul hout.

田家炯立照子花，

Njanl gad jongt lix zhos zit fad,

再斗沙科龙沙柳。

Zeab doul shad kod nhangs shad liout.

禾莎浪纵久龙嘎，

Ob shad nangd zos jet nongx gheab,

朋吼浪纵久龙狗。

Boud hout nangd zos jet nongx ghoud.

田拿哈他立禾莎，田老吼他坐朋吼。
田家的人坐子花，还有沙科和沙柳。
禾莎的人不吃鸡，朋吼的人忌吃狗。

15.

杨姓
Yangl xaot

朴单仡侃，
Pud dand ghob kheat，
齐埋自尼杨冬产，
Jid mix doub nis yangl dend qand，
否判自尼杨冬外。
Jid mix doub nis yangl dend wanb.
冬产冬外，
Dend qand ded wanb，
叉首杨孔兰杨孔谢。
Chad soud yangl kongt lanl yangl kongt xieb.
孔兰孔谢，
Kongt lanl、kongt xieb，
叉首杨孟杨子。
Chad soud yangl mongb yangl zit.
孔兰孔谢立你半吼半首，
Kongt lanl kongt xieb lix nib banx houd banx soud，
杨孟杨子立你周篓痛。
Yangl mongb yangl zit lix nib zhoud neul tongt.
齐埋莎尼猛兰几补，
Jid mix sat nis mil nex jib bul，
拿尼猛嘎几冬。
Nax nis mil kheat jib deib.
吉吾打边几干查穷，
Jib wub dab mlant jid gant nzad nqid，
几补达炯几干龙昂。
Jib bul dab jod jid giant nongx nieax.

讲到仡侃，
他们就是杨登千，他们就是杨登万。
登千登万，才生杨孔来杨孔谢。
孔来孔谢，才生杨孟杨子。
孔来孔谢立在乾州、吉首，杨孟杨子立在杨孟寨。
他们真是将门之子，将帅之才。
水里蚂蟥不敢吸血，旱地虎豹不敢食肉。

杨家冬产闹冬外，
Yangl gad dengd canb nangx dengd wanb,
孔来孔谢禾内风。
Kongt lel kongt xeb ob nex hent.
杨孟杨子首出连，
Yangl mongb yangl zit soud chud lianx,
得拔得浓莎首林。
Deb npad deb nit sat soud liox.
斗炯板首大虫半，
Doub jongt banx soud dad nzhongb banx,
禾周篓痛炯你拢。
Ob zhoud neul tongb jongt nieb nongd.

杨家登千和登万，孔来孔谢强得很。
杨孟杨子养成片，女儿男子都养成。
坐在吉首大地盘，禾周篓痛坐得稳。

16.

吉吾
Jid ud

吉龙求冬阿苟单，
Jid longs njout deib ad goud dand,
立补立半阿充冬。
Lix bul lix bans ad congd deib,

立包保纵通花远，

Lix bos bot zeib tongd fad yand，

古丈几良通便绒。

Gut zhangb jid liad tongd mleus rongx.

红方立求腊尔山，

Hongb fangl lix zhot lal erl sand，

吉吼立抱得石容。

Jid hout lix bos dex shil yongx.

沪溪求单苟腊岩，

Lul qil njout dand goud lax ngeal，

吉首自尼剖得雄。

Jid shoud zib nis boub deb xongb.

贵州松桃闹四川，

Gueib zhoud songd ndol lot sib cand，

禾雄吉现炯补冬。

Ob xongb jid xanb jongt bul dongs.

云南吉浪莎你单，

Yinl lanl jid nhangs sat nieb dand，

冬豆吉弄没阿充。

Dongs doub jid lot mel ad congb.

嘎岔禾送叉出兰，

Ghead ceat ob xongb cad chud lanl，

蒙首扛喂喂扛蒙。

Mongb soud gangs wel wel gangs mongb.

全见莎花吉判满，

Janl janl sat fal jid peab mant，

毕拿打缪保拿声。

Bix nangs dab mloul beul nangs shongb.

禾浪公由喂几安，

Ob nhangs gengd youl wel jid nganl，

喂够汉拢——

Wel ngheub hanb nongd—

几安同共毕久同。

Jid nganl ndongx ghot bib jet ndongx.

结尾

一起迁徙一路来，立家建园遍地荣。
立在保靖到花垣，古丈连到龙鼻村。
凤凰立到腊尔山，乾州直到得石营。
泸溪坐到苟腊岩，吉首全是苗族人。
贵州松桃和四川，苗族各处都坐登。
云南境内也坐满，各方大地坐多坪。
不同姓氏把亲开，人养送我我送人。
完全都发得满满，发似水中鱼虾群。
里面根由我不全，我唱这些——
不知合不合古根。

17.

奶棍骂勾否剖尼浪奶岔，

Ned ghuib mangt ghuoud wud boub nis hnangd nex chat，

勾追首单奶几冬。

Goud zheit soud dand nex deib doub。

首得首卡首出吧，

Soud deb soud giead soud chud blas，

否尼冬腊浪组宗。

Wud nis deib las nangd zongt poub。

扑长得抓龙得卡，

Pud dand deb zhal nhangs deb kheat，

加得莎尼告起几。

Jad deb sat nis ghob qib。

叉勾奶棍骂勾怕，

Chad geud ned ghuib mangt ghuoud peat，

到头到抗否叉通。

Daot ndeud daot kangt boul nax lioub。

得抓想蒙卡养柔，

Deb zhal xangb mongb ghad yangl ras，

否吉几干吉吾猛。

Wud jongt jib gieab jib wus zhoul.

得兄叉勾首龙加，

Deb xongb chad geud soub nenb jas，

吉难立朴叉冬龙。

Jid hnant lix bul chad dex youx.

油雾油斗求羊吧，

Yous wub yous deul njout yangs bleat，

吉弄求单录起冬。

Jid nhangs njout dand lul qil doub.

见棉见陇叉吉花，

Jant mianl jant nhol chad jid hat，

弟求比高麻闪绒。

Det njout bid gheul max sanb ncoud.

求单转求吉吉岔，

Njout dand zhans njout jid jid chat，

勾度几扑九阿从。

Geud dut jid pud jul ad roul.

出见就谷就痛酒吾龙酒吧，

Chud janx jox gul jox tongt joud wub nhangs joud peat，

酒江斗扛高奶龙。

Joud jangl teub gangs ghob lanl khoud.

就谷就回汝告抓，

Jox gul jox hend rut ghob zheat，

炯拔炯浓阿充林。

Jongt npad jongt nint ad congd loux.

够木够处出江昂，

Ghoub mongb ghoub chut chud jangs nieax，

报傲水标亚水兄。

Bad aot sheib blos yeab sheib goud.

甲架用猛包奶卡，

Gad gat yit mongl baod nex kheat，

吉难见棉列堵陇。

Jid hnant jant mianl jid gangd zhjoud.

堵久打为斗吉瓦，

Dul jul dad weis deus jid was，

阿板会闹阿者冬。

Ad banb huet laot ad nzhed goud.

叉分巴浪亚分骂，

Chad fend bad nangd chad fend mangt，

分巴分骂分你陇。

Fend bad fend mangt fend nib njout.

前代先人我们是听人讲，以后生育凡人来。

繁衍儿孙养成群，他是人类的祖先。

讲那客子客孙们，他们本是巧心怀。

他把前代先人杀，得文得字他有才。

客家他们真狡猾，住在城里坐大街。

苗儿才把农具拿，商量要去找地盘。

跟着溪沟沿崖上，一路走到泸溪来。

祭祖闹热名声大，迁上吕洞大高山。

来到吕洞又商量，把话商量在此间。

做成九十九桶米酒和水酒，甜酒舀送亲朋先。

九十九凳好腿脚，又坐女人又坐男。

够木够处做刀手，乌鸦它来保魂安。

喜鹊飞去把客报，邀约呼众打鼓来。

打了马上分开去，一帮走去一方山。

才分姓来又分族，分姓分族在此间。

18.

分巴公骂分你陇，

Fend bad fend mangt fend nib nend，

完全没头扛能翻。

Wanl njanl mex ndeud gangs nex fand.

鸟柔奶扑莎汝洞，

Niaox ras nex pud sat rut dongt，

扑度阿吼儿没片。

Pud dut ad houd jid mex piand.

阿谷呕巴浪剖共，

Ad gul oub bad nangd poub ghot，

完件到汝得安然。

Wanl njanl daot rut dex ngand ranx.

得兰斗你补共炯，

Deb lanl doub nib bul ghot jongt，

夯共达雷出比太。

Hangd ghot dat leb chud bloud tanb，

吴家本尼生能吽，

Wul giad bent nis ghob nex ncheat

儿容告哭尼否研。

Jib yib ghob khud nis wud ngand，

吴金吴银——

Wul jind wul ninl—

斗吉吧归排比陇，

Doub jongt bleat guix banx bleid nend，

毕锤吾林尼比干。

Bid nzheit wub liob nis bid gianb.

龙家斗你冬留兄，

Longl giad doub nib deib lieux xongb，

勾格板录通夯斩。

Gheul gieb banx nus tongd hangd zanl.

打弄达瓜——

Dab nongb dab guead—

斗炯补麻闹冬期，

Doub jongt bul mangl laot dongs qongb，

补梅抓叫尼否判。

Bul mel zhal jot nis wud banx.

廖明斗猛得十印，

Liob mil doub mongl dex shid yil，

廖姓斗吉干子排。

Liob xinb doub jongt gand zit banx.

石家大田告奶共，

Shil giad dab njanl ghob nex ghot，

吧仁夯图否猛太。

Blab reix hangd ndut wud mongl tanb.

谢家巴标否子松，

Xieb giad bad blaod wud zit seid，

外勾外那叉单干。

Weab goud weab nangb chad dand ghand.

谢家弟猛立坝穷，

Xieb giad det mongl lix bleat nqit，

巴标吉章几纵安。

Bad blaod jid zhangd zongx geud ngand.

首汉得休勾吉陇，

Soud hant deb xub geud jid nhangs，

阿首阿油阿勾见。

Ab soud ab youl ad goud janx.

阿首斗猛昂录炯，

Ab soud doub mongl njeax lux jongt，

秋柔斗炯子耳排。

Qoud roul doub jongt xit reut banx.

他保得休否卡吽，

Tas bot deb xub wud kheat hongx.

吧仁夯图尼否判。

Blab reib hangd ndut wud nangd banx.

麻家斗你久排久水莎到绒，

Mal giad doub nib jib banx jid sheid sat daot ros，

斗炯九里麻林板。

Doub jongt giout lis max liox banx.

再斗阿奶石家四古——

Zeb doud ad leb shil giad sib gut—

毕久阿充汝得浓，

Bix jul ad congd rut deb nint，

乙图老勾莎没才。

Yil ndut nangb goud sat mex nzel.

吾哭吉报求吾共，

Wub nkud jid hliad njout wub giongb，

告抓亚立通夯斩。

Gheul zhal yeab lix tongd hangd zanl.

比首比闹你瓜松，

Bid soub bid hlaot nib ghueas sob，

瓜录斗炯出阿判。

Ghueas nud doub jongt chud ad banx.

施家大姓立补冬，

Sid giad dab xinb lix bul dongs，

老首老远炯勾先。

Leud soud leud yant jongt gheul xanb.

田家斗炯莎科陇，

Njanl giad doub jongt sad kod nend，

再斗伞汝朋吼安。

Zeb doul sant rut nbol hot ngand.

隆家老米告奶共，

Longl giad leud miel ghob nex ghot，

就谷就就汝呕先。

Jox gul jox jiut chud lanl xanb.

首到大久汝得浓，

Soud daot dab joud rut deb nint，

让龙斗炯广车排。

Rangs nus doub jongt guangt ched banx.

剖豆达卡吾差炯，

Poub doub dab kheat wub ncad jongt，

几堵排就你半伞。

Jid dut banx jub nib banb sand.

腊乙补奶炯几分，

Lax yib bub leb jongt jid beb，

汝补几斗告得台。

Rut bul jid doul ghob deb ndanl.

梁家斗炯冬五绒，

Langl giad doub jongt deib wub rongx,

阿告亚立包水田。

Ad ghaot yeab lix baos sheit njanl.

杨梦杨子你楼痛，

Yangl mongb yangl zit nib neul tangt,

七在杨家吉判满。

Qil zeb yangl giad jid peab mant.

毕拿打某包拿水，

Bix nangs dab mloul beul nangs shongb,

卡岔告松叉出奶。

Ghead ceat ghob xinb chad chud lanl.

喂扑几半拿阿充，

Wel pud jid daot nongb ead ceib,

扛埋召追候喂陇前元。

Gangs mex zhaos zheit heut wel pud njangl yanl.

分姓分家在这里，完全有书让人讲。
聪明人讲是好理，讲话一点也不强。
一十二姓老祖起，完全得到坐安方。
得兰他在补共坐，夯共达雷起屋场。
吴家的人很可以，几容禾库安家堂。
吴家吴银——
坐在黄岩和排碧，毕锤卧龙是他乡。
龙家坐在排兄地，勾格排鲁到寨夯。
打弄达瓜——
坐在补麻洞冲去，补梅抓叫是老堂。
廖明坐在得十意，廖姓坐在干子场。
石家大田老人立，具仁夯图他先上。
席甲巴标子孙为，兄弟不和才搞慌。
席甲立在吧穷里，巴标倒居地楼堂。
养了一些好子弟，阿首阿油一起往。
啊首立在岩罗去，秋柔坐在止耳塘。

他保小儿他伶俐，吧仁夯图好山梁。

麻家坐在久排久水都得力，坐在九里大地方。

还有一个石家四古——

养子很多发得齐，八个弟兄有搞场。

吾哭牵连到吾立，告抓又立到寨夯。

比首比闹坐雷去，豆子坐在做一方。

施家氏姓去立地，老首老远大兴乡。

田家他在沙科去，还有选得蓬湖夯。

隆家老人叫老米，九十九岁讨新娘。

养了许多好子女，让龙坐在广车塘。

剖豆达卡半坡立，几堵排久半山岗。

腊乙补奶两边去，都是宽坪好地方。

梁家坐在五绒水，一边立到水田乡。

杨孟杨子杨梦立，七寨杨家坐满岗。

发如虾子多如鱼，不同姓氏把亲讲。

我讲不出那么细，你们打后做文章。

19.

堂尼追儿埋奶骂，

Ndangl niex zeix hliob mex nex mangs，

吧巴照骂莎追陇。

Blab bad zhaot mangt sat zeix longs.

扑久吴家亚扑卦，

Pud jul wul giad yeab pud ghueas，

麻家朴送奶浪纵。

Mal giad pud sot nex nangd zongx.

吉留朴凸同立那，

Jid hliad pud blongl ndongx hliad hleat，

吉留见勾亚见公。

Jid hlieut janx goud yeab janx gongb.

几斗阿儿扛喂抓，

Jex doul ad jongx gangs wel chat，

照追勾莎出大几。

Zhaos zheit geud sead chud dab jongx.

椎牛到齐人都来，五名六姓都来请。
讲了吴家石家连，麻家也讲出来听。
穿出一串像扯线，一串一路讲得明。
没有一点让我谈，再后把歌唱一程。

20.

阿谷呕骂埋朴齐，

Ad gul oub mangt mex pud nqib,

扛喂照追前六勾莎湧。

Gangs wel zhaos zheit njanl yanl geud sead yongx.

安洞地度比久地，

Nianl daox deib dut bit jex deib,

久地关除莎休陇。

Jex deib guant nzhut sead xub blongl.

卡比几立包所立，

Kat bib jid hliad dand sot lis,

告骂麻家卡打松。

Ghob mangt mal giad ghad dead songd.

夯柔加卡否猛立，

Hangd rax jab kheat wud mongl lix,

杨家几地阿中同。

Yangl giad jex det ad zheib ndeid.

吴王斗吉冬马最，

Wul wangl doub jongt dongs mat zeix,

立照斗几阿交陇。

Lix zhaos doub jongt adng gaod nend.

得抓得卡莎陇齐，

Deb zhal deb kheat sat lol nqib,

立照板柔几抓孟。

Lix zhaos bant roub giel zhal mongl.

勾先勾吧否猛你，

Gheul xanb gheul bleat wud mongl nib,

斗汝帮叫龙帮几。

Doul rut bangd jod nhangs bangd jind.

谢家斗吉阿交几，

Xieb giad doul jongt ad giod jib,

叉弟闹半几长陇。

Chad det laot banx jex nzhangl lol.

得让留兄否猛你，

Dex rangl lieux xongb wud mongl nib,

告骂龙家炯号陇。

Ghob mangs longl giad jongt hod nend.

田家立照朋吼女，

Njanl giad lix zhaos nbod hot nib,

斗炯子花路当中。

Doub jongt zib huad lub dangd zhongd.

梁家弟闹水田意，

Liangl giad det laot sheit njanl yib,

秋吉无场几爬孟。

Qeut jongt wul nzangl jub nbeat mongl.

出奶出汝达起毕，

Chud nex chud rut chad kit bix,

照到西昂阿半陛。

Jaob daot xib ngangx ad banb nend.

吉半浪度几安齐

Deib doub nangd dut jid nianl nqib,

达尼久见候补充。

Deat nis jex janx heut but congd.

一十二姓都讲完，送我在后又来唱几声。
不知对错全不全，若错也要唱一轮。
卡比连接锁里寨，是那麻家骨头硬。
夯然加卡他去安，杨家不断刀枪真。

吴王坐在冬马连，立在斗金这一程。
还有客人的方面，立在矮寨到郎坪。
大兴河到小兴寨，还有帮交和帮金。
谢家他坐哪里面？他走下土排不回身。
还有留兄的老寨，龙家大族这里兴。
田家立到蓬湖岩，坐在紫花路当紧。
梁家他去立水田，他坐屋场久爬轮。
开亲结义发得快，照到古人的理论。
凡间的话不周全，若是不全帮补正。

21.

自号狂言紧乱吐，

Zib huob ngguangl yanl jint lanb tut,

喂拿不顾羞耻是人干。

Wel nax bul gub xoud cit sib renl ded.

列除古人亚齐组，

Lies nzhut gut renl yeab nqeat zut,

差错埋列候休改。

Cad cob zongb renl heut xoud get.

列朴西昂阿——

Lies pud xib ngangx ead—

天地连合出阿初，

Qand jib jid hux chud ad chut,

日夜不分布干干。

Ril yeb bul fend blud nggianb nggianb.

混沌初开——

Fenb deib cud ked—

勾追达起没排古，

Goud zheit chad kit mex nbanl gut,

斧斧相凿才得开。

Hut hut xangd caob nzel del ked.

见弄楼嘎怕斗出呕书，

Janx nongb nous gheab peab deus chud oub shud,

气之轻轻上为天。

Qib zid qind qind shangb weil qand.

沉重吉瓦见豆九，

Max hend jid was janx doub jul,

又没三皇五帝治乾坤。

Chad mex sand fangl wul deib zib njanl kuid.

无极太极两仪出，

Wul jil teb jil liangt nil chud,

四向八卦松周全。

Sib xangb bab guab fend zhoud njanl.

五行金木水火土，

Wut xind jind mongl sheit huot tut,

又凸万事万物万万千。

Chad blongl wanb sib wanb wul wanb wanb qiand.

天皇十二人头数，

Qand fangl shil erb renl ndoul sub,

地皇生下十一男。

Jib fangl send xab shil yil lanl.

人生于寅——

Renl send yil yunl—

就图卡养汝得休，

Jox ndut ghad yangl rut deb xub,

九他发育无疆边。

Jout deib fal youl wul jangd biand.

剖奶西牛儿没油，

Boub nex xib nius jiex mex yud,

元始初初尼达慢。

Yanl sit cud cud nis dab mlanb.

你汉哭吧麻冬虐粗粗，

Nib hant khud bleat max daob niul ncud ncud,

野兽风雨坐不安。

Yet shoub hongd yit zaob bul ngand.

有巢氏——

Yout nzaol sib—

达起构木为巢是他五，

Chad kit goub mongl weil nzaol sib tad wus,

冬腊吉叉出比太。

Doub las jid cheat chud bloud tanb.

冬腊几没比斗图，

Doub las jid mex bid deul ndud,

列锐列列叉安难。

Lies reib lies hliet chad nianl nanx.

燧人氏——

Seib rend sib—

看见鹰式喙木勾图求，

Kanb janb yind sib zul mongl geud ndut njud,

钻木起火闹凡间。

Zanb mongl qit huot laot fand giand.

人类不明会算数，

Rend leib bul minl feib sanb sub,

使用结绳勾那吉书转。

Sit yongb jel sheil geud hleat jid shud zhanx.

伏羲氏——

Ful xid sib—

改变结绳才造书，

Get bianb jel sheil nzel caob shud,

六合八卦没头反。

Lul hol bal guab mex ndeud fand.

仓颉达起按照象形文字睡几哭，

Cangd jil chad kit nganb zaob xangb xinl weil xib sheit jid nkud,

忠信刻木作印板。

Zongd xib kel mul zuol yib bant.

共公兵败打奶吉比九，

Gongb gongd bind beb dat leb jongt bud jud,

发怒头触不周山。

Fad lub ndoul zul bul zhoud sand.

郎羊打吧莎挂九，

Nongb yangs dab blab sat nghuat jub，

西北天上破好宽。

Xid bel qand shangb pob huot kuand.

女娲炼石才来补，

Nint wad lianb shil nzel lel but，

五色岩浆补天兰。

Wut sel ngel jangd lel but qand.

男女成对是她来为主，

Lanl nint nzenl deib sib tad lel weil zhut，

这那吉交卡拿台。

Zheb hleat jid giod ghad lax ndanb.

神农氏——

Shenl longl sib—

达起试尝百草药味苦，

Chad kit sib sangl bel caot yaol weib kut，

到猛告叫没卡干。

Daot mongb ghob giaot mex nggab giant.

留下五谷传万古，

Lioul xab wut gul nzhanl wanb gut，

没列出先照告盘。

Mex hliet chud xand zhaot ghob nbanl.

无父婴儿实在苦，

Wub fub yid reul shil zeb kut，

否腊奈布出姜元。

Wud nangd hnant nbut chud jangd yanl.

首到得西奶就补，

Soud daot deb xub ned jex bul，

否尼看见巨人脚印才怀胎。

Wud nis kand janb jib renl jiaol yinb nzel huel ted.

奈布后稷——

Hnant nbut houb jib—

种瓜种菜勾刀求，

Zongb guab zongb ceb geud ndeid njud,

沙奶出茶会几千。

Sheab nex chud nzat huet jid qanb.

五记轩袁出比油，

Wangl jit xand yanl chud bid yud,

芦苇创造种了棉。

Lul weil cangb caob zongb liot mianl.

西牛剖奶陇斗主，

Xib nius boub nex hnenl deul zhud,

种棉织布成衣穿。

Zongb mianl zil bub chenl yid chand.

尼纵几叟周求求，

Nis zos jid seub zhoud njud njud,

出个能卡没呕先。

Chud gub nex kheat mex eud xanb.

记乖毕求同风补，

Jid ghueb bid nqeut ndongx hob pud,

不明方向造指南。

Bul minl fangd xangb caob zit lanl.

西牛义吉造酒服，

Xib nius nib jib caob joud hud,

勾追杜康数留连。

Goud zheit dub kangd sub lioul lianl.

舜顺莎林扑几九，

Yaol shenb sead hliob pud jid jul,

列扑大禹水治十三年。

Lies pud dab yit sheit zib shil sand nianl.

文王吉叉勾秋出，

Wenl wangl jid chad geud qub chud,

列包五王猛出来。

Lies baos wut wangl mongl chud lanl.

勾寿出见告来哭，

Goud shout chud janx geud lanl nghud,

万古留后在此传。

Wanb gut lioul houb zeb cit nzhanl.

沙忙召将照陇图，

Sead mangl zhol jangt zhaot nend ndub,

下集详细亚单埋。

Xab jil njangl xib yeab dand manx.

自好狂言紧乱吐，我也不顾羞耻是人蠢。

要唱古人怕出入，差错众人帮修正。

要讲上古时——

天地连合做一组，日夜不分又不明。

混沌初开——

以后才来有盘古，斧斧相凿才得分。

好像打开的鸡鲁，气之轻轻上为云。　　　　鸡鲁：方言，指鸡蛋。

沉重落下成岩土，才有三皇五帝治乾坤。

无极太极两仪出，四象八卦生周成。

五行金木水火土，才出万事万物兴。

天皇十二人头数，地皇坐下十一人。

人生于寅——

九个好儿都齐出，九地发育无疆分。

我们古时没衣服，元始初初是猴群。

坐在山洞里面躲，野兽风雨坐不稳。

有巢氏——

构木为巢是他午，凡间开创起屋新。　　　午：方言，指开创。

那时人间没有火，要菜要饭要吃生。

燧人氏——

看见鹰隼啄木把树啄，钻木起火到凡尘。

人类不明会算数，使用结绳来记清。

伏羲氏——

改变结绳才造书，六合八卦有书文。

仓颉他才按照象形文字来把书做，忠信刻木做印板。

共工兵败自己牢骚出，发怒是触不周山。

天上垮了几多处，西北天上破天云。

女娲炼石才来补，五色岩浆补天明。
男女成对是她来为主，用绳索泥来造人。
神农氏——
他才试尝百草药味苦，得病在身有药诊。
留下五谷传万古，有饭煮熟来养人。
无父婴儿实在苦，他的名字叫姜云。
生下小孩被扔出，他是看见巨人脚印怀胎生。
名叫后羿——
种瓜种菜种作物，教人耕种五谷兴。
皇帝轩辕制衣服，芦苇创造播棉新。
古代人类兽皮补，种棉织布成衣裙。
人们欢喜笑脸出，做客出门穿衣新。
黑雾满天昏暗苦，不明方向造指针。
古时义吉造酒服，以后杜康醉分分。
尧舜之时讲为古，要讲大禹治水十三春。
文王开创开亲主，要和武王来开亲。
媒人来牵红线舞，万古留后传此名。
歌言放下打止住，下集详细到你们。

22.

堂卡洞剖勾莎板，
Ndangl kheat dongt boub geud sead band，
吉岔列陇朴大吉。
Jid cheat lies lol pud dab jongx.
见奶吉岔度根块，
Janx nex jid chat dut gend kuant，
阿气牛满郎元公。
Ad qit nius manl nangd yangl gend.
蚩尤苗汉才分开，
cid youl miaol hanb chad fend ked，
汉尼高抓苗尼兄。
hanb nis ghob zhal miaol nis xongb.
排复剖尼告熊郎焦领先，

Nbanl hul boul nis ghob xongb nangd giod lint xand，

人是无谋光有勇。

Renl sib wul moul guangd yout yongt.

炎帝坐在黄河把他研，

Yand deib zuob zeb huangd huol bat tad niant，

兵败如也寿林林。

Bind beb rul yet sheub liongb liongb.

坐在泸七又被赶，

Zuob zeb lul qid youb bib gant，

弟求湘西麻闪绒。

Det njout xangd xid max shanb reix.

几吉求通吕洞山，

Jid jongb njout tongd leit dongb sand，

吉龙陇单十字平。

Jid nhangs lol dand shil zib nbinl.

吉奈见棉勾酒板，

Jid hnant jant mianl geud joud beat，

吉奈见陇闹热冬。

Jid hnant jant nhol naob rel deib.

立补首先尼得奶，

Lix bul shout xand nis deb lanl，

否你几见吉藏同。

Boul nib jid janx jongt ncangb ndeid.

吉留勾梅几没见，

Jid lious goud mel jid mex janx，

吉想明松江否猛。

Jid xangd mlens seib jangt boul mongl.

吉想明当寿几台，

Jid xangd mlens dangt seub jid ndanb，

江报帮柔包龙水。

Jangt baos bangt roub baos nus shod.

阿名阿送照陇开，

Ad mil ad seib zhaos nend ked，

阿巴阿骂分你陇。

Ad bad ad mangt fend nib nend.

吴姓头苗他在先，

Wul xinb ndoul miaol tad zeb xand,

山包散桂你吉容。

Sand baot sanb guib nib jib yib.

大烔达浓——

Dab jind dab ninl—

立照排比通黄岩，

Lix zhaos banx bleid tongd fangl ngeal,

比干比锤尼五林。

Bid gand bid nzhil nieb wub lient.

龙家即补莎在后赶，

Longl giad poub seat zed houb gant,

补首补叫阿勾林。

Poub soud poub jot ad goud liox.

立照勾格半录通夯斩，

Lix zhaos gheul gieb banx nus tongd hangd zanl,

得让留兄你陇洞。

Dex rangt lieux xongb nib geal nend.

立照补格通让兰，

Lix zhaos bul gieb tongd rangs lel,

廖名廖姓告奶判，

Liaob minl liaob xinb ghob nex pand,

立补立照干子平。

Zhal jot bul mel dand dongs qongb.

石家剖共尼达田，

Shil giad poub ghot nib dab njanl,

席甲巴标否子松。

Xieb giad bad blaod boul zit xand.

外勾外那叉单干，

Weab goud weab nangb chad dand ghand,

席甲阿——

Xieb giad ead—

否叉弟闹半九长陇。

Wud chad det laot banx jex nzhangd lol,

巴标几长板纵安,

Bad blaod jid zhangd band zongx ngand.

否吉号陇吉篇纵。

Boul jongt geal nend jid zhangd zongx,

他柔秋柔剖组显,

Teab roub qeut roub boul zut xand.

立照补号吉瓜汝补冬。

Lix zhaos bul hob jid ghueas rut bul deib,

阿首阿油立斗岩罗寨,

Ad soud ad youl lix nib ngel luol zeb.

勾让他保你巴绒。

Goud rangt teab baot nib blab reix,

麻家浪阿兰卡绒——

Mangl giad nangd ad lanl khad reix—

斗吉九里尼麻单,

Doub jongt giout lis nis max danx,

否你几排几水猛。

Boul nib jib banx jib sheid mongl.

再斗施家浪——

Zeab doul sid giad nangd—

阿梅卡夯立勾先,

Ad mel khad hangd lix gheul xanb,

夯柔加卡汝补洞。

Hangd rax jab khad rut bul deib.

再斗阿奶石家浪——

Yeab doul ad leb shil giad nangd—

剖共四古是好汉,

Poub ghot sib gut shib haot hanb,

比首比闹你瓜松。

Bid soub bid hlaot nib ghueas sob.

得江巴拔炯夯在，

Deb jangd bad npad jongt hangd zanl，

立包五苦单五共。

Lix baos wub kud dand wub gongb.

补其兄四炯干干，

Bul nqib xongd xud jongt gians gians，

立照勾主闹补共。

Lix zhaos gheul zhux laot bul gongb.

再斗阿奶隆家郎——

Zeb doul ad leb longl giad nangd——

剖共老米告奶然，

Poub ghot leud miel ghob nex ras，

纠谷纠就汝勾冬。

Jox gul jox jiut rut goub dongb.

否首他米让弄——

Boul soud dab miel rangs nongs——

立包溜豆广车那一线，

Lix baos lioud doub guangt ched las yil xianb，

达卡斗吉吾茶孟。

Dab khead doub jongt wub ncad mongl.

几都板久坐半山，

Jid dud banx joud zuob banb sand，

腊乙补奶吉几分。

Lax yib bub leb jongt jid bed.

梁家立抱冬水田，

Liangl giad lix baos deib shuit nglanl，

田家郎——

Njanl giad nangd——

立斗朋胡沙科在，

Lix deib nbongl hud shad kaod zeb，

斗吉子话路当中。

Doub jongt zit huab lub dangd zhongd.

杨家郎冬产闹冬万，

Yangl giad nangd dend canb laot dend wanb，

孔来孔谢禾内风。

Kongt lel kongt xeb ob nex hent.

孔来孔谢禾内风。

Kongt lel kongt xeb ob nex hent.

杨孟杨子——

Yangl mongb yangl zit—

斗吉告周搂痛打虫半，

Doub jongt ghob zhoud neul tongt dab nzhongb banx，

七寨杨家你号弄。

Qid zeb yangl giad nib geal nend.

吉陇求兄阿勾单，

Jid nhangs njout xongb ad goud dand，

阿谷呕巴谷呕骂——

Ad gul oub bad gul oub mangt—

全见斗吉你陇冬。

Janl janl doub jongt nib nend dongb.

吉照包纵通花远，

Jongt zhaos baot zeib tongd huad yanl，

古丈吉立通某绒。

Gut zhangb jid hliad tongd mleus rongx.

凤凰吉通腊尔山，

Hongb huangl jongt tongd lal ert sand，

以下吉斗得石容。

Yit xiab jongt doub dex sil yib.

卢溪吉照勾腊岩，

Lul qid jongt zhaos gheul lal ngel，

吉首莎尼汉告熊。

Jib soud sat nis hant ghob xongb.

贵纠松桃龙四川，

Guib joud songd ndaol nhangs sib chand，

打奶炯管你同绒。

Dab leb jongt guant nib ndongl renl.

云南阿洽没阿件，

Yunl lanl ad nqad mex ad njant,

扑度弄陇久同水。

Pud dut nongb nend jex ndongx shob.

完全沙话吉判满，

Yad yad sat fad jid pand bans,

得拔得浓沙首林。

Deb npad deb nint sat soud liox.

卡岔告送叉出来，

Ghead ceat ghob seib chad chud lanl,

埋首扛喂喂扛蒙。

Mex soud gangs wel wel gangs moux.

勾篓出扛吉追干，

Goud neul chud gangs jid zheit ghans,

吉追出报几篓炯。

Jib zheit chud baos jib neul janx.

吊剖西昂同牛满，

Jaob daot xib ngangx ndongx nius manl,

笔腊打某包拿水。

Bix nangs dab mloul beul nangs shongb.

告浪通书喂几安，

Ghob nhangs tongd shud wel jid nianl,

喂够汉陇——

Wel ngheub hant nend—

安洞同共比久同。

Nianl daox ndongx ghot bit jex ndongx.

众人听我唱歌言，恐怕要来唱一点。
唱歌要理话古典，以前过去的根源。
蚩尤苗汉才分开，汉是客家苗族连。
盘古他是苗族的祖先，人是无谋光勇敢。
炎帝坐在黄河把他撵，兵败入野跑出来。
坐在泸溪又被赶，跑到湘西大高山。

一路来到深沟间，一同来到吕洞山。
商议椎牛吃酒来，商议打鼓闹连天。
分出首先是得奶。他坐不成磨刀快。
坐守姐妹不自然，天还未亮放他先。
天还未亮放出来，坐到帮柔到龙岩。
一名一姓这里开，一祖一族在此间。
吴姓头苗他在先，三宝三贵在云盘。
吴金吴银——
立到排碧到黄岩，比干比锤卧龙山。
龙家补莎在后赶，补首补叫一起来。
立在坡头流兄寨，老家留信在这边。
立到补格到让奶，大召马鞍洞冲寨。
廖名廖姓是人乖，安家安在杆子排。
石家老祖是大钱，席甲巴标他子贤。
兄弟不和气生烟，席甲他——
才跑到土排立首转。
巴标倒转地楼板，地楼倒转向左边。
他柔秋柔吾祖先，立在补好吉瓜是他寨。
阿首阿油立在岩罗寨，小弟他保巴绒安。
麻家的阿兰卡绒——
坐在九里是古传，他坐久排久水研。
再有施家他——
阿梅卡夯大兴寨，夯然加卡好地盘。
再有一个姓石的——
老人四古是好汉，比首比闹雷公安。
得江把拔坐夯寨，立到翁科大山间。
补其兄休坐对面，立到苟主到补山。
再有一个隆家他——
老人老米是好汉，九十九岁老英才。
他养他米让龙——
立到溜豆广车那一线，达卡坐在吾茶排。
几都板久坐半山，腊乙补奶坐分开。
梁家立到河水田，立在五绒板休间。

田家他——
立在蓬湖沙科寨，坐在紫花路中间。
杨家登千到登万，孔来孔谢是好汉。
杨孟杨子——
立在高仇扬梦大路边，七寨杨家坐此间。
一起上到一齐来，一十二名十二姓——
全都坐齐到此间。
坐在保靖到花垣，古丈连牵到吾连。
凤凰坐到腊尔山，以下坐到杆子排。
泸溪坐到勾腊岩，吉首多数苗为先。
贵州松桃和四川，自治县在铜仁管。
云南省内有一点，讲话它是不同言。
完全都发坐都满，男子女儿都养全。
不同姓氏把亲开，你我异姓亲来开。
前朝有例不可免，后朝依照不可偏。
依照从前古时代，发如鱼群虾群满。
通书里面不知全，我唱这些——
不知合不合古典。

六、媒人求亲

1.

他陇汝奶汝牛，

Teat nend rut hneb rut nius,

他陇汝格汝那。

Teat nend rut gheb rut hlat.

喂拿就闹陇达埋浪吉比几斗，

Wel nax jud hlaob lol dand mex nangd jib bloud jib deul.

剖莎就叫陇送埋浪吉纵吉秋。

Boub sat jud jos lol sot mex mangd jib zongx jib qeut.

陇单几反埋浪阿比林休，

Lol dand jid naob mex nangd ad bloud liox xub,

陇送吉抄埋浪阿纵共让。

Lol sot jid cot mex nangd ad zongx ghot rangt.

埋拿相蒙尼汉猛兰几补，

Mex nax xangb mib nis hant mil lanl jib bul,

埋汉莎尼阿汉猛纵几冬。

Mex hant sat nis ad hant mil zos jib deib.

今天好个日子，今日好个日期。

我们有意来到你们的家中，我们好意来临你们的家内。

来到烦扰你们一家大小，来临吵闹你们一屋老幼。

你们真的是那大人君子，你们真的是那君子大人。

2.

陇单埋浪竹洞，

Lol dand mex nangd zhux deib,

埋浪竹洞莎拿几扣。

Mex nangd zhux deib sat nax jex keub.

会挂埋浪竹纵，

Huet guat mex nangd zhux sot,

竹纵埋拿久压。

Zhux sot mex nax jex yad.

会单猛竹，

Huet dand mil zhux,

猛竹拿部最最。

Mib zhux nax bud zeix zeib.

会送猛吹，

Huet sot mil cheid,

猛吹莎部砂砂。

Mil cheid sat bud sad sad.

埋再没够扛你，

Mex doub meb goub gangs hend,

埋莎没肥扛炯。

Mex sat meb hend gangs jongt

浓纵剖斗得不，

Nioux zeib boub doub zhaos bul,

度汝剖斗得见。

Rut dut boub doub zhaos janb

来到你们大门，大门你们也都不关。

走到你们楼门，楼门你也不闭。

走到大门，大门开得整整。

走过楼门，楼门开得齐齐。

你们取凳送居，你们拿椅送坐。

好情我也背好，好恩我也记住。

3.

剖照告得出秋会拢，

Boub zhaos ghob deb chud qub huet lol，

剖照告秋出来会拢。

Boub zhaos ghob qeut chud lanl huet lol.

打吧浪格剖锐几瓦，

Dab blab nangd gheb boub reil jid wax，

打绒浪那剖瓦吉吾。

Dab rongx nangd hlat boub wax jid wud.

打豆浪勾剖开扛当，

Dab doub nangd goud boud peub gangs dangt，

挂夯浪桥剖斗扛通。

Guat hangd nangd nggiaox boub doub gangs tongd.

我们从那讨家走来，我们从那亲家走来。

天上的星子给我引路，天空的星辰给我指道。

地上的路要我来开，山谷的桥要我来架。

4.

剖照告得出秋会拢，

Boub zhaos ghob deb chud qub huet lol，

剖照告秋出来会拢。

Wel zhaos ghob qeut chud lanl gyfet lol.

猛半容吾剖夏扛见，

Mil banx yongx wub boub xiab gangs janx，

猛炮容斗剖夏扛当。

Mil pot yongx deul boub xiab gangs dangt.

出陇剖列几勾告涌，

Chud hlod boub lies jid ghuoux ghob yid，

同图剖列吉当告浪。

Chud ndut boub lies jid dangt ghob mongx.

出吾几千急柔急紧，

Chud wub jid lianb gix roub gix gid，

出昂几千急松急报。

Chud nieax jid lianx gix songd gix blot.

出汉嘎绒不吾，

Chud hant giad rongx bul wub,

出汉嘎度不龙。

Chud hant giad dut bul nongs.

我们从那男家走来，我们从那讨家走来。

大溪大渠我要来理，大沟大道我要来开。

竹子我们要来通节，树木我们要来通心。

做水渗透砂堆石块，做肉要来连骨连筋。

做云要来背雨，做水要来通船。

5.

汝洞号陇莎没阿崩汝酒，

Nex dox geal nend sat mex ad beid rut joud,

吉岔号陇莎没阿崩汝塘。

Jid chat geal nend sat mex ad baod rut ndangx.

汝酒剖列几哭扛不，

Rut joud boub lies jid kud gangs nbud,

汝塘剖列吉开扛江。

Rut ndangx boub lies jid kiead gangs jangl.

汝洞号陇莎没阿热汝楼，

Nex daob geal nend sat mex ad rel rut noux,

奶洞号陇莎没阿龙汝弄。

Nex daob geal nend sat mex ad tongt rut nongt.

他拢汝楼剖列龙埋拔莎阿闪，

Teat nend rut noux boub lies nhangs mex pad sat ad shand,

他拔汝弄剖列龙埋陇莎阿寿。

Teat nend rut nongt boub lies nhangs mex langb sat ad sheut.

听说这里有那一缸好酒，听讲这里有那一罐好糖。

好酒我们要来开缸，好糖我们要来开罐。

听说这里有那很好的谷种，听讲这里有那很好的稻穗。
今天好谷我们要来和你讨一把，
今日好种我们要来和你讨一线。

6.

勾梅埋莎斗汝阿兰，

Goud mel mex sat doul rut ad leb,

得拔埋拿斗汝阿图。

Deb npad mex nax doul rut ad ndut.

勾楼汝得排子排那，

Goud neul rut deb nbeal zit nbeal nangs,

去追汝汉排牙排样。

Goud zheit rut deb nbeal yangb nbeal yangs.

莎尼达绒浪楼，

Sat nis dab rongx nangd nous,

莎尼达潮浪得。

Sat nis dab nceut nangd deb.

松同打绒浪格，

Seid ntongx dad reix nhangs ged,

汝见打吧浪那。

Rut janx dab blab nangd hlat.

松见松尼，

Seid janx seid nis,

松配松汝。

Seid peib seid rut.

小姐你们有好一个，小女你们有好一人。
前看好那身材身段，后看好那美模秀样。
是那龙王小姐，是那龙凤佳人。
生得沉鱼落雁之容，长得闭月羞花之貌。
天香国色，美貌如花。

7.

他陇剖拿鲁楼龙埋吉柔阿闪，

Teat nend boub lol rut nhub nhangs mex jid sat ad shand，

他陇剖拿鲁弄龙埋吉莎阿寿。

Teat nend boub lol nhub nongt nhangs mex ji sat ad sheut.

长猛比照转豆，

Nzhangd mongl blob zhaos zhans doub，

扛否猛单产谷产够。

Gangs boul mongl dand canb gul canb ghoub.

比猛浪路，

Blas zhaos nhangs lut，

扛否猛单吧谷吧柱。

Gangs boul mongl dand beat gub beat zhus.

今天好谷我们要和你讨一把，

今日好种我们要和你要一线。

回去播在土中，生出千丛万丛。

回转种在田内，生出千双万对。

8.

他陇剖拿龙埋吉柔阿奶，

Teat nend boub las nhangs mex jid ret ad leb，

龙埋吉莎阿图。

Nhangs mex jid sat ad ndut

长猛扛剖勾楼勾猛当兰沙嘎，

Nzhangd mongl gangs boul goud neul geud mongl dangl nex shab kheat，

吉追勾不相剖相娘。

Jib zheit geud bul xangb poub xangb niangx，

同陇扛花白走白绒，

Ndongx hlod gangs fad bed zeux bed reix.

同图扛花百夯百共。

Ndongl ndut gangs fad bed hangd bed ghot.

扛否笔拿打声，

Gangs boul bix nangs dab shongb，

包包拿打缪。

Beul benl nangs dab mloul.

笔包楼归，

Bix beul nous ghuis，

花财求泻。

Fal nzeal njout xet.

出花出求，

Chud fad chud njout，

出乖出林。

Chud gueb chud lix.

今天小姐我们要讨一个，

今日小女我们要求一位。

回去前面要她待人接物，

后面继承香火祖先。

如竹发送满坡满岭，

似树要发满山满谷。

送他发如群虾，多似群鱼。

发人发家，发财兴旺，

发富发贵，万代繁荣。

9.

剖朴几没吉白吉交，

Boub pud jid mex jid bed jid giod，

剖岔几没几单几哭。

Boub chat jid mex jid danx jid nkhud.

尼度埋列候朴，

Nis dut mex lies heut pud，

几尼埋列候干。

Jid nis mex lies heut gieat.

几嘎中某勾当埋浪鸟先弄求，

Jid gheax zhongx mloux geud dangl mex mangd niaox xanb niaox njoud，

吉沙告巴勾当埋浪鸟江弄明。

Jid shat ghob beas geud dangl mex mangd niaox jangl niaox mont.

埋朴莎尼麻见，

Mex pud sat nis max janx,

埋岔莎尼麻汝。

Mex chat sat nis max nis.

鲁楼剖拿相蒙没哟阿闪，

Nhub noux boub nax xangb mongb mex gub at shand,

鲁弄剖拿相蒙没哟阿寿。

Nhub nongt boub nax xangb mongb mex gub ad sheut.

剖浪楼尼告满，

Boub nangd noux nis ghob manl

弄尼告记。

nongt nis ghob jis,

洽埋勾格几照奶格奶没，

Nqeat mex geud gheb jid zhaos leud gheb leud mes,

洽埋勾冲几照告豆高斗。

Nqeat mex geud chot jid zhaos ghob deut ghob doul.

我讲没有反反复复，我说没有曲曲直直。

是话你们要讲，不对你们要改。

侧身来听我讲的甜言浓语，

侧面来听我说的好语甜言。

你们讲的也是，你们说的也对。

谷种我们真有一把，谷穗我们真有一线。

我们种子熟了，谷穗壮了。

但怕你们眼看不起，恐怕你们眼瞧不上。

10.

勾梅剖拿相蒙没哟阿奶，

Goud mel boub nangb xangb mib mex gub ad leb,

得拔剖拿相蒙没哟阿图。

Deb npad boub nangb xangb mib mex gub ad ndut.

几楼否拿几没汝牙，

Jib neul boul nax jid mex rut yab,

吉追否莎几没汝样。

Jib zheit boul sat jid mex rut yangs.

否拿久到剖娘浪哈浪篓，

Boul nax jex daot poub niangx nangd had nangd loul,

否莎久到奶骂鲁崩鲁弄。

Boul sat jex daot ned mangt nhub beix nhub xit.

洽否当几到埋浪航，

Nqeat boul dangd jid daot mex nangd hangd,

洽拿去几到埋浪篓。

Nqeat boul qit jid daot mex nangd lous.

夏松拿洽你几到埋浪猛浪猛比猛斗，

Xieab songd nqeat nax nib jid daot mex nangd mil nangd bloud mil deul,

夏报拿洽炯几到埋浪猛纵猛秋。

Xieab blot nqeat nax jongt jid daot mex nangd mil zongx mil qeut.

勾达拿汝巴同单，

Goul dal nax rut bad ndongb dand,

勾尼斗汝巴同松。

Goud nis doul rut bad ndongd seib,

洽埋几瓦呕排拿纵嘎见，

Nqeat mex jid wax oub npand nax deit ghad janx,

洽埋吉无比告拿纵嘎汝。

Nqeat mex jid wus bleib ghot nax deit ghad rut.

小姐我们真有一个，小女我家实有一人。

前看不好身材身段，后看没有美模秀样。

她既没得祖宗的聪明，她也没有先人才智。

怕她当不得他家的行，怕她承不了他家的气。

身骨轻了怕坐不得你们大房大屋，

身肉瘦了怕坐不住他家大宅大舍。

左边也有好星，右边也有好月。

恐你左边去求那好星才好，怕你右边去求那好月好些。

11.

剖格充充，

Boub nkhed qind qind,

剖梦如汝。

Boub zead rud rut.

巴同单自尼号陇嘎充，

Bad ndongb dand doub nis geal nend ghead ceib,

巴同松自尼号陇嘎迷。

Bad ndongb seib doub nis geal nenl ghead rut.

呕排没牙剖拿几江，

Oub npand mex yab boub nax jex jangx,

补告没洋剖久愿。

Bub ghot mex yangs boub jex yanb.

不鸟列埋吉柔，

Bul niaox nhangs mex jid rangs,

不弄龙埋吉莎。

Bul lot nhangs mex jid sat.

我看清清，我瞧明明。

星子就是这颗最亮，月亮就是这里最明。

两边好材我的不爱，三处好美我们不爱。

一心要和你们来讨，一意要与你们来要。

12.

自尼加剖内豆内加，

Doub nis jad boub nex doux nex gial,

自尼加剖不加录哭。

Doub nis jad boub lanl qob lanl qad.

剖昂昂埋格见闪闪，

Boub ngangd ngangd mex nkhed janx shanb shanb,

部加加埋格见如汝。

Boub jad jad mex nked janx rut rut.

埋汉几关几现，

Mex sat jid guant jid xanx,

埋莎几崩几太。

Mex sat jid pud jid tanx.

出秋剖埋莎拿见秋,

Chud qub boub mex sat nax jangx qub,

出兰剖埋莎拿见兰。

Chud lanl boub mex sat nax janx lanl.

剖列吉奶勾梅扛见,

Boub lies jid lios goud mel gangs janx,

剖列吉莎得拔扛空。

Boub lies jid sheab goud mel gangs kit.

浪当埋当汝松,

Langb ndangl mex dangl rut songb,

难反埋当汝萨。

Nanb fand mex dangl rut sead.

就是差我人蠢人愚,就差我们人愚人呆。

我们矮矮你们看成高高,我们差差你们看成好好。

你们不嫌不弃,你们不弃不嫌。

讨亲我们也成了亲,讨戚我们也成了戚。

我们再要商量女儿送肯,我们还要商议小女送愿。

慢慢等候佳音,不久会有好信。

13.

媒人浪久蒙腊——

Meib renb langb jiud mengb las—

休见内苟扛剖会,

Xius jianb niet gous gangx boub huib,

休到内苟筐大炯。

Xius dab niet gous kuangb das jiongb.

扛剖开亲来结义,

Gangs boub kais qingb lais jiex yis,

窝兰到汝难久蒙。

Aos lanb daob rus nanb jious mengb.

斗桥把你心劳累，

Doub qiaob bas nib xinb laob liex,

昂弄难斩难鸟公。

Angx nongb nanb zhans nanb niaob gongd.

好情记倒苟笔睡，

Haos qingb jis daot gous bib shuid,

睡照本子充腊充。

Shuib zhaob benx zis congb las congb.

蒙浪良松修猛汝吉追，

Mengb langb liangb songb xious mongb rub jib zhuib,

炯气古老浪年虫。

Jiongb qis gub laos langb nianx congb.

我们空口来难昧，

Wos menb longb kous laix nanb weib,

嘎弄卡卡难为蒙。

Gas nongb kas kas nanb weib mongb.

媒人你是——

修通道路修整齐，修成道路大又宽。

我们开亲来结义，好亲结下把你难。

修桥把你心劳累，冬夏热令又熬寒。

好情记在心中内，写在本子书中间。

你的良心修好我们记，坐到古老的寿年。

我们空口来谢你，只用嘴巴把恩感。

14.

剖浪够寿出秋，

Boub nangd goud shout chud qub,

没立出兰。

mes lias chud lanl.

剖充否单剖浪吉比几斗，

Boub ceit boul dand boub nangd jib bloud jib deul,

剖奈否闹剖浪吉纵吉秋。

Boub hnant wud laot boub nangd jib zongx jib qeut.

龙哟呕叫列楼，

Nongx jul oub jol hliet noux,

补叫列弄。

Bub jol hliet nongt.

补头否求，

Bul dout boul njout,

绒善否闹。

Bul shanb wud laot.

会约呕瓦补瓦，

Huet jul oub weab bub weab,

单约比到便到。

Lol jul bleib daob blab daob.

陇单埋浪竹洞，

Lol dand mex nangd zhux deib,

竹峒埋拿久扣。

Zhux deib mex nangd jex keub.

会送埋浪竹纵，

Huet sot mex nangd zhux sot,

竹纵埋莎久压。

Zhux sot mex nax jid yad.

你单埋浪猛纵，

Nib dand mex nangd mongx zongx,

炯单埋浪猛秋。

Jongt dand mex nangd mongx qeut.

吉抄埋呕瓦补瓦，

Jid caot mex oub weab bub weab,

几反埋补到比到。

Jid huanl mex bub daob bleib daob.

我们的媒人牵线，介绍搭桥。

我们请他来到家中，我们迎他来到家内。

吃了三餐肉酒，吃过四餐米饭。

大坡他爬，大岭他下。

走了两次三次，行了三番四次。

来到你家大门，大门你们没关。

走到你家小门，小门你们没闭。

坐上你家大堂，居到你屋大殿。

麻烦你们两次三次，烦扰你们三番四番。

15.

否浪巴鸟没先，

Boul wub bax niaox mex xanb,

嘎弄没求。

Ghad lot mex njoud.

否拿不鸟勾陇龙埋。

Boul nax bul niaox geud longb nhangs mex.

否叉不弄勾陇龙埋，

Boul chad bul lot geud longb nhangs mex,

鲁弄龙埋吉莎阿寿。

Nhub nongt nhangs mex jid sat ad sheut.

勾梅龙埋吉柔阿奶，

Goud mel nhangs mex jid sat ad leb,

得拔龙埋吉莎阿图。

Deb npad nhangs mex jid sat ad ndut.

他的嘴巴有油，舌头有盐。

他也细言和你们讨。

谷种和你要讨一把，米种和你要讨一穗。

小姐要和你求一个，媳妇要和你讨一人。

16.

埋拿崩尼猛内几补，

Mex naxl bent nis mil nex jib bul,

埋汉莎尼猛嘎几冬。

Mex hant sat nis mil nkheat jib deib.

达起几最埋浪纵那纵勾，

Chad kit jid zeix mex nangb zos nangb zos goud，

吉吾埋浪纵骂纵得。

Jid wud mex nangd zos mangt zos deb.

你出啊比，

Nib chud ad bloud，

炯出阿纵。

Jongt chud ad zongx.

埋叉那相亮勾，

Mex chad nangb xangd liangl goud，

骂相亮得。

Mangt xangd liangl deb.

几补吉数，

Jid pud jid sud，

吉奶吉岔。

Jid nes jid chat.

你们本是大人君子，你们真是君子大人。

这才请了你们哥兄老弟，这才聚了你们叔爷伯子。

聚到一屋，会集一堂。

你们这才商量商议，商议商量。

大家讲话，大众商议。

17.

埋拿几没现剖兰盆兰加，

Mex nax jid mex xanx boub nex nbed nex gial，

埋莎几没现意剖尼兰加兰豆。

Mex sat jid mex xanx yid boub nis lanl gial lanl doux.

几没现剖兰录兰苦，

Jid mex xanx boub lanl nhul lanl kod，

几没现玉不加录哭。

Jid mex xanx yib bul jab nhul kod.

剖休埋莎勾剖格林,

Boub xub mex sat geud boub nkhed liox,

剖昂埋莎勾剖格闪。

Boub ngangd mex sat geud boub nkhed shanb.

埋叉布纠江录,

Mex sat bud jiux jangt nus,

查弄江度。

Nzhat lot jangt dut.

布纠江录,

Bud jiux jangt nus,

列扛见邦见忙,

Lies gangs janx bad janx mangt.

查弄江度。

Nzhad lot jangt dut.

列扛出话出求。

Lies gangs chud fad chud njout.

你们不嫌我们人蠢人愚,你们不弃我们的人愚蠢呆。
不嫌我们的人穷人苦,不嫌我们的寒苦家贫。
我们小人你们看大,我们矮人你们看高。
你们才开笼放鸟,开口放话。
开笼放鸟,要送成双成对,
开口放话,要送发家发人。

18.

埋叉不鸟洞扛,

Mex chad bul niaox daox gangs,

不弄峒扛。

Bul lot daox jangt.

鲁楼扛剖阿弄,

Nhub noux gangs boub ad hnenb,

鲁弄扛剖阿闪。

Nhub nongt gangs boub ad shand.

勾梅埋拿扛剖阿奶，

Goud mel mex nax gangs boub ad leb,

得拔埋拿扛剖阿图。

Deb npad mex nax gangs boub ad ndut.

扛剖勾猛出笔出包，

Gangs boub geud mongl chud bix chud beul,

扛剖勾猛出话出求。

Gangs boub geud mongl chud fad chud njout.

够篓勾猛当兰沙卡，

Goud neul geud mongl dangl lanl shad kheat,

吉追勾不相剖相娘。

Goud zheit geud bul xangb poub xangb niangx.

笔拿打声，

Bix nongb dab shongb,

包拿打某。

Ghuis janx dab mloul.

同陇花陇白走白绒，

Ndongx hlod fad lol bed zeux bed reix,

同图花陇白夯白共。

Ndongx ndut fad lol bed hangd bed ghot.

你们答应放口，放口答应。
谷种送我们一把，米种送我们一穗。
新人送我们一个，媳妇送我们一人。
送我们发人发家，送我们发家发人。
前面要她待人接物，后面要她接祖承根。
发如群虾，多似群鱼。
如竹发得满坡满岭，似木发登满坪满地。

19.

他陇炯平打豆打吧，

Teat nend gid nbix dab doub dab blab,

他陇炯平哭奶哭那。

Teat nend gid nbix khud hneb khud hlat.

阿让林休，

Ad rangl liox xub，

阿加共让。

Ad jab ghot rangt.

久江尼埋家浪牙，

Jex jangt nis mex jad nangd yas，

江久自剖家浪兰。

Jangt jul doub nis jad nangd nex.

勾抓浪格埋列嘎沙，

Goul zheax nangd gheb mex lies ghad sheax，

勾炯浪那埋列嘎梦。

Goul nis nangd hlat mex lies ghad mongx.

奶单浪把同松埋列嘎江，

Hneb dand nangd bad ndongb seib mex lies ghad jangx，

奶忙浪把同忙埋列嘎远。

Hneb hmangt nangd bad ndongb hmangt mex lies ghad yanb.

见秋见兰，

Janx qub janx lanl，

见勾见牙。

Janx goud janx yas.

今以天地为凭，今以星辰为证。

一村大小，一寨人众。

不放便是你某姓之女，放了便是我某姓的人。

左边的星子你们莫采，右边的星辰你们莫摘。

东边的启明星你们莫理，西边的启月星你们莫爱。

成亲成眷，成夫成妻。

七、插香过礼

1.

内苟开通剖阿告，

Niet gous kais tongb boub as gaob,

苟会开通剖阿嘎。

Gous huib kais tongb boub as gas.

红媒开亲剖标到，

Hongb meb kais qinb boub boux daob,

修桥铺路虐腊巴。

Xious qiaob pus lub nius las boub.

安蒙弟久迷偶笑，

Ans mengb dis jioux mib ous xiaob,

劳累费心苟弄抓。

Laox lies fuib xins gous nongb zhas.

鸟先弄求有一套，

Niaot xianb nongb qiub yous yid taox,

巴鸟实在楼吉夸。

Bas niaot shid zaib lous jib kuans.

久贤贫穷剖标要，

Jious xianx pinb qiongb bout boub yaob,

忠共全堂一朵花。

Zhongx gongb qianb tangb yis duob huas.

过礼插香把信报，

Guob lis chas xiangb bas xinb baob,

算虐先松叉度打。

Suanb niux xians songt cab dus das.

子丑寅卯八字告，

Zis coud yinb maos bab zis gaox,

甲乙丙丁算不差。

Jiab yis dingx dinb suanb bub ccas.

吉星红日来高照，

Jib xins hongb ris laix gaos zhaox,

汝虐插香过礼花。

Rub niud chab xiangb guos lib huas.

纠挑白浪谷挑潮，

Jiout taos bais langb gus taos chaob,

在斗昂爬高苟巴。

Zais dout ghangb pas gaos gous bax.

酒糖满满箩筐跳，

Jious tangx manx manx luob kuangb tiaox,

提豆亚板出阿踏。

Teib doub yas bans chus as tad.

茶盘亚板恩得抱，

Cab pans yas banb ghunb des baos,

再斗钱当几万巴。

Zaib doub qianb dangb jis wanb bas.

炮头几吼真热闹，

Paos toub jis houb zhengb roud naos,

天响地动求打便。

Tianb xiangb deis dongb qius das bias.

插香过礼剖阿告，

Cab xiangb guob lis boub as gaot,

费心弄兰埋亲家。

Feib xinb nongb lanb manx qinx jias.

当来度标把皮哨，

Dangb laib dub boub bas pix xiaos,
当个内卡剖久良。
Dangb ges niet kas boub jious liangb.
吉标几没昂苟号,
Jib boub jis meix ghangx gous haob,
得候要久吾先扎。
Des houb yaos jioub wus xianb zhas.
纵尼喂标家无要,
Zongb nib weis boub jias wub yaox,
埋出浓浓剖配夏。
Manx chus nongn nongb boub pib xias.
再列出萨苟埋窝,
Zais liet chus seax gous manx aos,
弄几汝乙苟埋咱。
Nongb jis rub yis goud manx zhas.

大路开通开得好,大路开通到我家。
红媒开亲费心了,修桥铺路费嘴巴。
鞋子穿烂费心劳,劳累费心汗水洒。
口中油盐有一套,嘴巴实在会口夸。
不嫌我穷财富少,总讲全堂一朵花。
过礼插香把信报,请得先生算得发。
子丑寅卯八字告,甲乙丙丁算不差。
吉星红日来高照,吉日插香过礼花。
大米抬来几十挑,还有猪肉和粑粑。
酒糖满满箩筐挑,新布银饰摆成沓。
茶盘又摆金银料,再有银钱几万巴。
爆竹声响真热闹,天响地动震天涯。
插香过礼费力了,费心费力你亲家。
当客主人把皮哨,当客我当得最差。
锅子没有肉来炒,豆腐没有油来炸。
总是我穷家财少,你们来重我配差。
再要作歌陪来到,怎么好脸见亲家。

2.

汝内埋陇送见，

Rut hneb mex lol songt janx，

汝虐埋陇送嘎。

Rut nius mex longb songt nghat.

埋少炯那油勾，

Mex sat jongb nangb yous goud，

炯骂油得，

Jongb mangt yous deb.

共潮共查，

Nghet nzaot nghet nzal，

共昂共酒。

Nghet nieax nghet joud.

共见共嘎，

Nghet janx nghet nghat，

共堂共白。

Nghet ndangx nghet nbed.

共潮白巧，

Nghet nzaot bed qaod，

共查白录。

Nghet nzal bed lux.

共酒白矮，

Nghet joud bed anb，

共昂白虫。

Nghet nieax bed nzheit.

共见出如，

Nghet janx chud rux，

共嘎出柔。

Nghet nghat chud reus.

共堂白巧，

Nghet ndangx bed qaod，

共白白容。

Nghet nbed bed rangx.

吉日你们过来插香，良期你们前来过礼。

你们哥兄老弟，叔爷伯子。

担谷抬米，担酒担肉。

担财担钱，担糖抬粑。

抬米满箩，抬粮满筐。

抬酒满罐，抬肉满担。

抬钱大沓，抬财大包。

抬糖满担，抬粑满箩。

3.

共汉吧谷几炯，

Nghet hant blab gul jid jongb,

照谷吉龙。

Zhaot gul jid nhangs.

兄挂打勾，

Xongb guat dab gheul,

扎挂打干。

Zhal guat dab gieab.

老同舞绒，

Lol ndongx wus rongx,

会立舞潮。

Huet lieax wus nceut.

出见久内几朴，

Chu jianb jius nieb jid pud.

出汝久纵吉岔。

Chud rut jub zos jid chat.

汉陇叉尼猛内几补，

Hant nend chad nis mil nex jib bul,

汉陇莎尼猛嘎几洞。

Hant nend sat nis mil kheat jib deib.

抬那五十一起，六十一路。

苗过多寨，客过多街。

行如舞龙，走似舞凤。
抬好让人羡慕，抬多让众感叹。
这等才是大富所做，如此真是员外所为。

4.

陇单剖浪儿勾，

Lol dand boub nangd jib geul,

会送剖浪几让。

Huet sot boub nangd jib rangl.

埋拿窝久炮头几如，

Mex nax aob jul paot ndeud jid rux,

窝汝阿汉炮抗吉柔。

Aob rut ad hant paot kangt jid reus.

狗你几让莎拿寿齐，

Ghuoud nib jib rangl sat nax sheub nqib,

爬你告中莎拿崩叫。

Nbeat nib ghob zhongx sat nax benl jul.

几吼斗猛吧奶，

Jid houb doub mongl blab hneb,

吉话通弄嘎度。

Jid hat mongl dand giad dut.

打豆莎拿几竹，

Dab doub sat nax jid zhul,

打吧莎勾吉洽。

Dab blab sat geud jid qat.

来到我们村口，走进我们村内。
你们烧那大封喜炮，你们放那大卦礼炮。
狗在村中吓得乱跑，猪在栏内吓得乱叫。
礼炮响彻天云，爆竹响震九霄。
大地也都震抖，天上也都震动。

5.

共巧哭勾，

Nghet qod chud goud，

共虫哭公。

Nghet nzheit chud gongb.

同内舞绒，

Ndongx nex wus rongx，

立内舞潮。

Lieax nex wus nceut

陇单剖浪吉比，

Lol dand boub nangd jib bloud，

陇送剖浪记竹。

Lol sot boub nangd jib zongx.

太陇白比白斗，

Tanb lol bed bloud bed deul，

照陇白纵白秋。

Zhaot lol bed zongx bed qeut.

明同嘎洞，

Mlens ndongx ghad dongx，

通同嘎立。

Ghueb nongb ghad hlieat.

扛剖热粮莎白，

Gangs boub rel noux sat bed，

热潮莎冬。

Rel nzaot sat dangs.

打豆他崩他中，

Dab doub nteat bloud nteat zongx，

打吧他高他太。

Dab blab nteat leux nteat was.

产豆拿服儿娘到见，

Canb doub nax nongx jex jul daot janx，

吧就拿龙儿娘到嘎。

Beat jiut nax nongx jex jul daot nghat.

抬担成路，抬筐成队。

似人舞龙，如众舞凤。

来到我们家中，光临我们家内。

摆那担子满堂满地，摆那礼物满地满坪。

发亮发光，金光银亮。

送我粮仓装满，谷仓装登。

地下满仓满库，天上登顶登盖。

千年也吃不尽，万代也喝不完。

6.

阿让乖楼楼，

Ad rangl ghueb hleud hleud,

内拿久炯埋汉勾猛。

Nex nax jex jongb mex hant goud mongl.

阿洞乖干干，

Ad dongs ghueb nggianb nggianb,

内莎久没炯埋勾包。

Nex sat jid mex jongb mex goud baos.

炯埋勾嘎阿奶比巧，

Jongb mex jongb gheat ad leb bloud qaob,

炯埋勾闹阿图比走。

Jongb mex jongb laot ad ndut bloud ncoud.

得比得竹，

Deb bloud deb zhux,

得纵得秋。

Deb zongx deb qeut.

得竹得吹，

Deb zhux deb cheid,

得哈得楼。

Deb had deb loul.

扛埋吉布到比叉起陇单，

Gangs mex jid nbut daob bleid chad kit lol dand,

扛埋几哭告瓜达起抱到。

Gangs mex jid khud ghob ghuad chad kit lol daot.

相蒙昂汉得比得竹，

Xangb mib ngangl hant deb bloud deb zhux，

相蒙昂汉得你得炯。

Xangb mib ngangl hant dex nib dex jongt.

头板弟儿到阿拿秋先，

Xangb mib deib jid daot ad las qub xanb，

头板弟儿到阿高来西。

Xangb mib deib jid daot ad gaod lanl xio.

一村好屋，媒公不引你们进去。

一寨好房，媒人不引你们进驻。

引来进这小屋小舍，引来进这穷家小户。

小宅劣舍，小堂小殿。

小途小路，小门小户。

你们要低下头才进得屋，你们要弯下腰才进得门。

真的窄得太窄，真的小得太小。

实在对情不住你们大家，真的对人不住你们人众。

7.

认亲剖拢单埋无，

Renb qins boub longb danb manx wux，

够寿炯剖拢岔兰。

Gous shoub jiongb boub longb cab lant.

就弄剖冬足加就，

Jious nongb boub dongx zhub jad jious，

告桶要楼要潮摆。

Gaot tongb yaos loub yaob chaox bant.

得那得苟拢大图，

Des nax des goub longb das tub，

迷奶尼会空空单。

Mib niet nib huis kongb kongb danb.

阿内出起嘎背久，

As niet chus qis gas beib jious，

阿蒙出起列嘎关。

As mengb chub qib lieb gas guanb.

拢单苟剖招待汝,

Longb danb goux boub zhaob danb rub,

昂油昂爬摆几产。

Ghanx yout ghax pab bans jid chanx.

再斗昂嘎龙昂录,

Zais doub ghanb gas longb ghangb lub,

香味扑鼻多新鲜。

Xiagb weib pub bib duos qingb xianx.

都色窝兰阿炯度,

Doub sex aos lanb as jiongb dub,

埋浪从汝剖几见。

Manx langb congb rux boub jid jianx.

认亲我们到这里,媒人引路到此来。
今年我乡年成庇,米桶没有米来摆。
哥兄老弟来几位,个个空脚空手来。
亲家宽想在心内,亲家老母要心宽。
到边招待很满意,猪肉牛肉都摆满。
再有鸡鸭肉摆齐,香味扑鼻多新鲜。
多谢亲家的客气,你们好情记心间。

8.

他陇打豆崩元汝内,

Teat nend deb doub bent zoux rut hneb,

打吧头板汝虐。

Dab blab ndoul band rut nius.

勾寿候剖出见高秋麻先,

Goud shout heut boub chud janx ghob qub max xanb,

梅立候剖出汝高兰麻西。

Mes lias heut boub chud rut ghob lanl max xid.

剖莎江你达写,

Boub sat jangx nib dab xed,

剖莎愿照打闪。

Boub sat yanb zhaot dab shanb.
几叟哭目，
Jid seub khud mux，
吉研哭梅。
Jid nkiand khud mes.

今天本是吉期，今日本是黄道。
媒人他帮作成了佳偶，媒公他帮求得了新人。
我们喜在心中，我们爱在心内。
喜笑颜开，心情爽悦。

9.

内洞出秋列哭，
Nex daox chud qub lies nghud，
出兰列会。
Chud lanl lies huet，
列哭叉先，
Lies nghud chad xand.
列会叉炯。
Lies huet chad jangx.
剖叉炯那油勾，
Boub chad jongb nangb yous goud，
炯骂油得，
Jongb mangt yous deb.
纵那纵勾，
Jongb nangb jongb goud，
纵骂纵得。
Jongb mangt jongb deb.
几朴洞列哭埋秋先，
Jid pud dox lies nghud mex qub xanb，
吉奈洞列会埋兰西。
Jid hnant dox lies huet nex lanl xio.

开了新亲要走，新眷要行。

要走才好，要行才亲。
我们哥兄老弟，牙儿父子。
引来一帮，走成一串。
商量要寻亲家，商议要走亲戚。

10.

尼加剖浪剖娘要加，

Nis jad boub nangd poub niangx yaot goad,

奶骂要尼。

Ned mangt yaot niel.

要尼要家，

Yaot niel yaot goad,

不家录哭。

Bul jab nhul kod.

要汉得潮得查，

Yaot hant deb nzaot deb nzal,

要汉得塘得白。

Yaot hant deb ndangx deb nbed.

要昂要酒，

Yaot nieax yaot joud,

要见要嘎。

Yaot janx yaot nghat.

要汉潮录告盘打久，

Yaot hant nzaot nongl ghod nbanx dab qaod,

要汉潮弄告朋达出。

Yaot hant nzaot nongt jid nbongx dab nghet.

差就差我们穷家，本是小户。
少家少业，穷门苦户。
少那谷稻粮米，少那糍粑蜜糖。
少肉少酒，少钱少米。
少那糯米大箩大筐，少那糯谷大筐大担。

11.

大格剖拿纵陇，

Deab gheb boub nangb deit lol,

达没剖拿纵会。

Deab mes boub nangb deit huet.

出那几没立那，

Chud nangb jid mex lieax nangb,

出勾几没立勾。

Chud goud jid mex lieax goud.

出那拿尼共汉虫夏，

Chud nangb nax nis nghet hant nzheit xieab,

出勾相蒙要汉虫浓。

Chud goud xangb mib yaot hant nzheit hend.

拿儿总内冬豆，

Nangs jib zeix nex deib doub

头板加乙冬腊。

Xangb mib jad yes deib las.

总兰内浪哭目儿没窝得勾斩，

Zeix nex boub nangd khud mux jid mex ghob dex geud zanb,

加乙剖浪哭梅儿到窝秋勾柔。

Jad yes boub nangd khud mes jid daot ghob qeut geud rad.

头板莎弟儿见埋浪纵那纵勾，

Dangb mib sat deib jid janx mex nangd zos nangb zos goud,

相蒙头弟儿到埋浪纵骂纵得。

Xangb mib dangb deib jid daot mex nangd zos mangt zos deb.

厚起脸皮我们来走，厚起脸面我们来行。

大哥不像大哥，老弟不像老弟。

大哥抬的轻担轻礼，老弟担的薄礼劣物。

我们实在羞见主人，真的怕见亲家。

羞得我们恨得没地可钻，羞得我们恨得无处可藏。

真的对不起你们亲家，实在对不住你们主人。

12.

陇单埋浪猛比猛斗，

Lol dand mex nangd mil bloud mil deul,

会送埋浪猛总猛秋。

Huet sot mex nangd mil zongx mil qent.

埋相蒙尼汉高猛兰几补，

Mex xangb mib nis hant ghob mil nex jib bul,

相蒙尼汉告骂纵几冬。

Xangb mib nis hant ghob mangt zos jib deib.

打绒流楼，

Dab rongx nangd nous,

达炯浪得。

Dab nceut nangd deb.

埋拿纠比出如出柔，

Mex nax jous bloud chud rux chud reus,

封尖吉勾吉嘎。

Hongd jand jid geud jid gheat.

埋浪嘎处汝吾汝腊，

Mex nangd ghad chut rut banx rut las,

吉比汝加汝尼。

Jib bloud rut gad rut niel.

告中没力没梅，

Ghob zhongx mex lib mex mel,

告痛没恩没格。

Ghob tongt mex ngongx mex nggieb.

几吾打边几干查穷，

Jib wub mlanb mlant jid giant nzad nqid,

求处达炯几干龙昂。

Njout chut dab xit jid giant nongx nieax.

扛剖到汝阿条秋先，

Gangs boub daot rut ad njaol qub xanb,

相蒙到汝阿勾兰西。

Xangb mib daot rut ad goul lanl xid.

进了你们的大宅大舍，到了你们的大堂大殿。

你们真的是一方的富翁，你们实在是本方的富人。

龙生龙子，虎生虎儿。

你们起屋连天连云，砖房矗入九霄。

你们山上好田好地，家下好家好业。

栏中有驴有马，仓库有金有银。

水中蚂蟥不敢吸血，山上老虎不敢食肉。

让我们得好一户亲家，让我们得好一户亲眷。

13.

陇单埋拿窝斗扛头，

Lol dand mex nax aob deul gangs ndout,

陇送埋莎扛够扛肥。

Lol sot mex sat gangs goub gangs hend.

儿叟埋浪哭目当秋，

Jid seub mex nax khud mux dangl qub,

吉研埋浪哭梅当兰。

Jid nkianb mex nax khud mes dangl lanl.

几没现剖共夏共要，

Jid mex xanx boub nghet xieab nghet yaot,

几没现剖不加录哭。

Jid mex xanx boub bul jab nhul kod.

扛吾扛斗，

Gangs wub gangs deul,

扛茶扛急。

Gangs nzal gangs jix.

扛够扛肥，

Gangs goub gangs hend,

扛烟扛穷。

Gangs yand gangs nqot.

扛剖你同猛乖，

Gangs boub lieax nongb mil gueb,

炯兰猛度。

Jongt lieax mil dud.

再紧扛剖——

Zeab zheit gangs boub—

龙锐久告比勾盘，

Nongx reib jid ghos bid gheul nbanl,

龙列久告比勾这。

Nongx hliet jid ghos bid gheul zhet.

几北板白出如，

Jid bex beat bed chud rux,

吉早板汝出柔。

Jid zeud beat rut chud reus.

几北板白见勾，

Jid bex beat bed janx gheul,

吉早板汝见绒。

Jid zeud beat rut janx reix.

服数打起，

Hud sub dad qib,

龙抽达写。

Nongx cheut dad xed.

一来便燃大火送烤，一到便拿高凳送坐。
笑脸迎接新亲，笑颜迎接我们。
没有嫌我少物薄礼，没有嫌我穷家小户。
送茶送水，送火送烟。
送凳送椅，送烟送茶。
待我们如同大官，接我们胜过大员。
还再送我们——
吃肉盘盘装满，吃饭碗碗装登。
桌上摆满似岭，桌中摆多如山。
桌上装满盛宴，桌中满盘盛席。
吃饱肚满，喝醉肚胀。

八、酒席互谢

1.

他陇汝内剖拿当秋，

Teat nend rut hneb boub nax dangl qub,

他陇汝虐剖叉当公。

Teat nend rut nius boub chad dangl goud.

打吧浪格陇单记图，

Dab blab nangd gheb longs dand jib ndub,

打绒浪那叫单吉浪。

Dab reix nangd hlat njaox dand jib neul.

汝内发久，

Rut hneb fad hliob,

汝那发汝。

Rut nius fad rut.

发加发尼，

Fad gad fad niel,

发内发纵。

Fad nex fad zos.

今天吉日我家接亲，今日良辰我家接媳。

天上紫微高照，福禄寿喜光临。

黄道人发，吉日家旺。

发家发人，发富发贵。

2.

呕斗补斗几白当秋太单虫比,

Oub doul bub doul jid bex dangl qub tanb dand nzhongb bleix,

阿谷乙奶告够当兰太单虫兄。

Ad gul yil zheib ghob goub dangl lanl tanb dand nzhongb bloud.

告补猛矮,

Band blongl mil anb,

告布猛纵。

Jud blongl mil jaot.

告补猛矮吧列酒窝、酒吹,

Band blongl mil anb beat daot joud noux、joud cheib,

告布猛纵吧到酒秋酒兰。

Jud blongl mil jaot bleat daot joud qub joud lanl.

酒花酒求酒豆酒红,

Joud huad joud wangb joud noux joud jangl,

酒笔酒包酒楼酒归。

Joud bix joud beul joud nous joud ghuis.

乙打白同同,

Yil deal bed ndongd ndongd,

乙这比批批。

Yil zhet bed gheat gheat.

扳到吉弄几北,

Beat zhaos jib lot jid bex,

扳送吉弄吉早。

Beat sot jib lot jid bex.

两张三张开亲大桌摆到中堂,

一十八个大凳摆在四周。

搬出大坛, 抬出大罐。

搬出大坛倒得好酒、烧酒,

抬出大罐倒得甜酒、旺酒。

酒发酒旺酒喜酒爱, 酒富酒贵酒禄酒寿。

八碗装满满, 八盘满满装。

摆在大桌之上, 摆好大桌之中。

3.

乙打乙这，

Yil deal yil zhet，

乙如乙祥。

Yil rux yil yangb.

扳单记图，

Beat dand jib ndub，

太送吉囊。

Tanb songt jib nhangs.

再斗阿汉高白告唐，

Yeab doul ad hant ghob nbed ghob ndangx，

再没阿汉告比告够。

Zeab mex ad hant ghob bid ghob gout.

得吾得几，

Deb wub deb jit，

得烟得穷。

Deb yand deb nqot.

几追板见出如，

Jid zeix beat janx chud rux，

吉吾板汝出柔。

Jid wud beat janx chud reus.

尼内格咱莎秋，

Nis nex nkhed zead sat qeub，

尼纵梦干莎江。

Nis zos mongl ghans sat jangx.

八盘八碗，八小八大。

摆在桌中，摆到桌上。

还有那些粑粑糖块，还有那些瓜子花生。

茶水茶杯，香烟香雾。

全部摆好桌中，全都摆上桌面。

是人见了都喜，是众瞧了都爱。

4.

度标吉奈洞出岁，

Dub bioud jid nanb dongb chub suit,

金筷银桌满碗酒。

Jins kuaib yinb zhoub mand wand jiux.

善蒙昂妙莎摆齐，

Shanb mengd ghax mioud sead biab qit,

就蒙香甜汝味口。

Jiud mengd xiangx tiab rub weib koud.

个个话讲声如雷，

Goub goub huab jiangb shongt rub lieb,

奶奶扑汝几良偷。

Liet lieb pub rub jid liangb toub.

扛喂照追出莎拢搭陪，

Gangb wed zhaob zuib chub sead longd tab peib,

婚庆列够莎阿柔。

Hunb qingb lieb goud sead ad roub.

主家商议摆酒席，金筷银桌满碗酒。

肠肝肚肺都摆齐，真的香甜好味口。

个个话讲声如雷，人人都说古根有。

让我在后唱歌来搭陪，婚庆要唱歌几首。

5.

他陇最汝度比内嘎，

Teat nend zeix rut dud bloul nex kheat,

他陇最汝秋先兰西。

Teat nend zeix rut qub xanb lanl xio.

纵那纵勾，

Zos nangb zos goud,

纵骂纵得。

Zos mangt zos deb.

大达内蒙，

Dab dad lanl mongs,

勾梅得拔。

Goud mel deb npad.

炯告比高,

Ghob jongx bid gaod,

够寿梅立。

Goud shous mes lias.

吧告比秋,

Blab ghaot bleid qub,

照告比兰。

Zhaot ghaot bleid lanl.

达细几叟哭目,

Dab xib jid seub khud mux,

级研哭梅。

Jid nkiand khud mes.

奈江达起,

Nex jangx dab qib,

足愿达写。

Zul yanb dab xed.

几叟陇单告图,

Jid seud lol dand geal nend,

吉研陇送告洋。

Jid nkiand longb sot ghob yangs.

你出阿比固无周柳,

Nib chud ad bloud jid xanb zhoud lioud,

炯出阿纵谷无况桥。

Jongt chud ad zongx gul wus kuangt njaot.

今天齐了主家客众,今日齐了亲戚六眷。
哥兄老弟,叔爷伯子。
岳母舅丈,姑娘姊妹。
舅爷后辈,媒人红公。
五方好亲,六方好眷。

大爱喜在脸目，欢在脸面。
喜在心中，欢在心内。
喜笑来到这里，喜欢来到此间。
坐满一堂团圆聚会，围成一圈喜笑颜开。

6.

他陇得拔见秋，
Teat nend deb npad janx qub，
得浓见兰。
Deb nint janx lanl.
几叟秋先，
Jid seub qub xanb，
吉研兰西。
Jid nkiand lanl xil.
大细几叟陇单号陇告图，
Dab xib jid seub longb dand haos longb geal nend，
吉研陇送号陇告洋。
Jid nkiand lol sot ghob yangs.
堂内列陇驾莎，
Ndangl nex lies longb ngheub sead，
堂纵列陇驾度。
Ndangl zos lies lol pud dut.
列够西昂浪莎，
Lies ngheub xib ngangx nangd sead.
列朴牛满浪度。
Lies pud nius manl nangd dut.
列朴度剖度娘，
Lies pud dut poub dut niangx，
列岔度内度骂。
Lies chat dut ned dut mangt.
列朴度秋度兰，
Lies pud dut qub dut lanl，
列岔度骂度得。

Lies chat dut mangt dut deb.

列朴度笔度包，

Lies pud dut bix dut beul,

列岔度花度求。

Lies pud dut fad dut wangb.

列朴度巴度骂，

Lies pud dut bad dut mangt,

列岔度共度容。

Lies chat dut ghot dut yos.

篓鸟靠埋候朴，

Neub niaox kob mex heut pud,

然弄靠埋候岔。

Ras lot kob mex heut chat.

列靠埋浪鸟先弄求，

Lies kob mex nangd niaox xanb lot njoud,

列当埋浪鸟江弄迷。

Lies dangl mex nangd niaox jangl lot jis.

吉上朴，

Jid shangt pud,

吉上话。

Jid shangt fad.

几拿朴，

Jid lax pud,

花猛抓。

Fad mongl zheax.

同陇列话白走白绒，

Nongb hlod lies fad bed zeux bed reix,

同图列话白夯白共。

Nongb ndut lies fad bed hangd bed ghot.

女人得了新郎，男人得了新娘。

喜欢新人，喜爱新眷。

大家欢喜来到这里聚集，大众喜爱来临聚会此间。

大家要来歌唱，大众要来歌贺。
要唱古老的歌，要讲古老的话。
要讲祖宗的根，要说祖先的源。
要讲新婚的礼，要说宾主的情。
要讲吉祥话语，要说祝贺吉言。
要来理根理古，要来理祖理宗。
好语要靠大家讲，好话要靠众人说。
要靠你们甜言蜜语，要乘我们吉言贺词。
讲得快，发得快，讲得慢，发千万。
如竹发登满坡满岭，似木发登满山满岗。

7.

媒人列捕欧大逃，
Meib renb lieb pub out dad taob,
从头一二苟萨完。
Zongx toux yid erb goud sead wanb.
苟动将召照阿告，
Goud dongb jiangb zhaob zhaob ad gaox,
照对打偶球孩先。
Zhaob duis dad oub quid haix xianb.
阿奶得首你阿告，
Ad liet dex shoub nit ad gaox,
两下隔水帮通船。
Liangb xiab geb shuib bangb tongt chuanx.
到秋到兰架蒙到，
Daob qiut daob lanb jiab mengd daob,
嘎弄没求鸟没先。
Gad nongb meix qiub niaox miex xiant.
同将达空锐吉报，
Tongb jiangb dad kongt ruit jib baod,
同那十五到团圆。
Tongb nad shib wud daob tuanb yuanb.
从浓够柔毕几叫，
Zongs niongb goud roux bid jid jiaob,

告柔见共几拢埋。

Gaox rout jianb gongb jid longd manx.

媒人要讲两三句，从头一二把歌玩。
工夫丢开不料理，穿烂几双好球鞋。
一个出生一边地，两下隔水帮通船。
两边开亲结了义，嘴巴有油又有盐。
红线牵通两边喜，月到十五得团圆。
你的深情千年记，记在主人心里间。

8.

朴够寿：

Pud goud shout：

列朴够寿候剖出秋，

lies pud goud shout heut boub chud qub,

列岔梅立候剖出兰。

lies pud mes lias heut boub chud lanl.

否浪巴鸟梅先，

Boul nangd bad niaox mex xanb,

否浪嘎弄梅求。

Boul nangd ghad lot mex njoud.

得拔候剖龙内吉柔，

Deb npad beut boub nhangs lanl jid rangs,

勾梅候剖龙内吉莎。

Goud mel heut boub nhangs lanl jid sat.

同陇候剖几勾高涌，

Nongb hlod heut boub jid ghuoux ghob yid,

同图候剖吉当告浪。

Nongb ndut heut boub jid tongt ghod mongx.

出吾几千急柔急紧，

Chud wub jid qanb gix roux gix gid,

出昂几千急松急报。

Chud nieax jid qanb gix songd gix blot.

讲媒人：

要讲媒人帮助求亲，要说介绍帮助讨亲。

他的嘴巴有油，他的舌条有盐。

小姐媒人帮助来讨，媳妇媒公他帮来求。

如竹他帮通节，似木他帮通心。

做水渗透沙堆石块，做肉连接筋骨躯身。

9.

蒙尼西昂浪木豆当，

Moux nis xib ngangx nangd mul doub dangd,

蒙尼牛满浪西太吼。

Moux nis nius manl nangd xid teb hout.

味候出秋勾蒙会立，

Weib heut chud qub geud moux feib lix,

味候出兰勾牙心苦。

Weib heut chud lanl geud yas xid kut.

昂奶巴哟蒙浪勾闪勾茶，

Ngangx hneb bal jul moux nangd goul sanb goul nzat,

昂弄巴哟蒙浪勾斗勾炯。

Ngangx nongt bal jul moux nangd goul deul goul jix.

昂奶内蒙奈汉鸟公鸟忙，

Ngangx hneb gangs moux nans hant niaox gib niaox mangl,

昂弄勾蒙奈汉沙干豆白。

Ngangx nongt gangs moux nans hant shad giand dout nbet.

阿得夯阿奶求，

Ad del hangd ad hneb njout,

阿得补阿奶闹。

Ad del bul ad hneb laot.

不鸟龙内吉柔，

Bul niaox nhangs lanl jid rangs,

不弄龙内吉莎。

Bul lot nhangs lanl jid sat.

出秋莎拿见秋，

Chud qub sat lol janx qub,

出兰莎拿见兰。

Chud lanl sat lol janx lanl.

得拔架蒙到秋，

Deb npad gieat moux daot qub,

得浓架蒙到兰。

Deb npad gieat moux daot lanl.

你是古老的木豆当，你是古代的西太后。

为了求婚把你费力，为了求亲把你辛苦。

夏天耽误你的农活，冬天耽误你的柴工，

夏天挨那蚊虫叮咬，冬天受那雨雪风寒。

一条坡一天爬，一条岭一天下。

甜言和人去讨，蜜语和他去求。

讨亲也接了亲，求婚也成了婚。

女人你帮成嫁，男人你帮成婚。

10.

出见阿崩酒江，

Chud janx ad pub joud jangl,

出汝阿崩酒迷。

Chud rut ad pub joud jis.

打豆蒙休阿桥，

Dab doub moux xoud ad gioux,

打吧蒙休纠桥谷桥。

Dab blab moux xoud jox gioux gul gioux.

打豆蒙嘎阿干，

Dab doub moux giab ad giant,

打吧蒙嘎纠干谷干。

Dab blab moux giad jox giant gul giant.

蒙拿休汝良松，

Moux nax xoud rut liangx seid,

蒙列炯汝勾虐。

Moux lies jongt rut goud niongl.

你去布剖布娘，

Nib qit nbut poub nbut niangx,

炯去奶兰布骂。

Gongt qit nbut ned nbut mangt.

你去高柔斗补，

Nib qit ghob roub doul bul,

炯去告图然洞。

Jongt qit ghob ndut ranx deib.

你去冬林夯公，

Nib qit dongd lix hangl gongb,

火同去绒闪夯大。

Jongt qit reix shanb hangl deas.

蒙你阿产呕谷浪斗，

Moux nib ad canb oub gul nangd doub,

蒙炯阿吧补谷羊就。

Moux jongt ad beat oub gul yangl jiut.

浓纵产斗久然，

Nioux zeib canb doub jex ranx,

浓汝吧就久陇。

Nioux rut beat jiut jex nongd.

酿甜一缸甜酒，酿好一坛蜜酒。

地下你架一桥，天上你架九桥十桥。

地上你开一渠，天上你开九渠十渠。

你真修好良心，你得增福延寿。

坐到祖宗的寿元，居过前人的寿岁。

坐如山川大石，居似古木大树。

坐如山河永久，居似山川永固。

你坐一千二百余年，你居一百二十余岁。

情重千年不忘，恩重百岁永记。

11.

他陇龙昂充蒙勾炯比莎，

Teat nend nongx nieax ceit moux geud jongt bleid sead，

他陇服酒然蒙勾炯比肥。

Tead nend hud joud reax moux geud jongt bleid hend.

扛蒙阿同得得提巧，

Gangs moux ad dongx deb deb ndeib qaob，

扛蒙阿闪得得提加。

Gangs moux ad dongx deb deb ndeib qad.

昂哟蒙拿儿者儿筐，

Ngangl jul moux nax jid zheb jid kuangb，

休哟蒙拿吉崩儿林。

Xub jul moux nax jid beib jid liox.

扛蒙呕分得见，

Gangs moux oub fend deb janb，

扛蒙呕角得嘎。

Gangs moux oub giox deb nghat.

勾猛几袍几斗，

Geud mongl jid npod jid deus，

勾猛几楼吉归。

Geud mongl jid deul jid guid.

今天吃肉请你坐在首席，今日喝酒请你坐居首位。

谢你一段小小差布，敬你一段差差小帛。

窄了拿去扯大扯宽，小了拿去扯宽扯大。

谢你两分小钱，敬你两角小费。

拿去发财发喜，拿去发多发大。

12.

窝炯喂卜扛蒙洞，

Aod jongb manx pub gangb mengd dongt，

卜埋得浓浪阿舅。

Pub manx dex niongb nangd ad jiub.

林炯背高足安虫，

Liongb jongb beid gaob zub and chongx，

发求窝便豆汝苟。

Fab qiub aod biat dout rub goud.

竹子在园窝拢共，

Zhub zid zaib yanb aod longd gongb，

马鞭高上发竹子。

Mad biad gaox shangb fab zhub zis.

阿葡拢弄发汝红，

Ad pub longd nongb fab rub hongb，

敏汝窝录吉吹苟。

Meid rub aod nus jib cuis goud.

他弄酒席蒙拢炯，

Tad nongb jiud xib mengd longd jonggb，

苟蒙窝求费力抖。

Goud mengd aod qiux feib lib liaob.

开亲剖埋尼麻炯，

Kaid qinb boud manx nit max jongb，

剖埋欧告见那苟。

Boud manx out gaox jianb nat goud.

再来讲多也无用，

Zaiib laib jiangd duos yed wux yongb，

要嘎配蒙列管否。

Yaob gad peib mengd lieb guanb woud.

舅爷我讲送你听，阿舅你是大根菀。
你是婆家的根根，发大发多满丫枝。
竹子在园竹子青，马鞭高上发竹子。
这菀竹子发大很，青绿满园旺气久。
今日酒席你用劲，费力舅爷我们知。
开亲我们是亲人，二面亲戚情义有。
讲多讲少都是亲，对情不住莫心忧。

13.

朴告炯：

Pud ghob jong：

陇汝告炯，

Hlod rut ghob jongx,

图汝比高。

Ndut rut bid god.

朴内告炯背高，

Pud lanl ghob jongx bid god,

朴内比高林兰。

Pud lanl bid god liox nex.

埋浪剖娘你汉打绒浪补，

Mex nangd poub niangx nib hant dab rongx nangd bul,

埋浪兰骂炯照达潮浪冬。

Mex nangd ned mangt jongt zhaos dab nceut nangd deib.

勾抓相蒙汝绒，

Goul zheax xangb mib rut rongx,

勾尼相蒙汝炯。

Goul nis xangb mib rut jod.

勾篓相蒙汝勾，

Goud neul xangb mib rut gheul,

吉追相蒙汝绒。

Goud zheit xangb mib rut reix.

扛埋发汝发林，

Gangs mex fad rut fad lio,

扛埋发内发纵。

Gangs mex fad nex fad zos.

蒙出陇龙单图，

Mex chud longb longb dand ndut,

蒙出炯龙单兄。

Mex chud jongx longb dand mlangs.

勾篓汝内，

Goud neul rut nex,

吉追汝纵。

Goud zheit rut zos.

讲舅爷：

竹好马鞭，树好根苑。

讲这舅爷后辈，说这后辈舅爷。

你们祖宗坐在龙堂龙殿，你们前人坐在风水宝地。

左边好那青龙，右边好那白虎。

前山好那朱雀，后山好那玄武。

你们发好发大，你们发家发人。

你是竹来发子，你做马鞭发笋。

前面好人，后头好众。

14.

得拔莎拿首林，

Deb npad sat nax soud lix,

得浓莎拿首章。

Deb nint sat nax soud zhangl.

他陇得拔单奶见秋，

Teat nend deb npad dand hneb janx qub,

他陇得浓单牛见兰。

Teat longb deb nint dand nius janx lanl.

勾陇紧动蒙浪绒久炯得，

Geud longb jind dongb mex nangd rongx joud jod del,

绒潮久林。

Rongx nceut joud del.

图久拿勾拿绒，

Ndut joud nangs gheul nangs reix,

哭没拿格拿那。

Khud mes nangs hneb nangs hlat.

扛蒙几奈几单，

Gangs moux jid hnant jid dand,

扛蒙几陇几送。

Gangs moux jid longb jid sot.

他陇服酒充蒙勾你猛莎，

Teat nend hud joud ceit moux geud nib mil seab，

他陇龙昂然蒙勾炯猛肥。

Teat nend nongx nieax reax moux geud jongt mil hend.

小女也都长大，男儿也都长成。

今天小女到时出嫁，今日小儿到时成婚。

才来惊动你的龙驾虎驾，龙鹏大驾。

身如大山大岭，目似星星月亮。

送你费力辛苦，让你费精费神。

今天吃酒请你坐在大席，今日吃肉请你坐居大位。

15.

候剖朴见朴尼，

Heut boub pud janx pud nis，

候剖朴花朴求。

Heut boub pud fad pud njout.

吉油蒙浪告鸟单冬，

Jid yous moux nangd ghob niaox dand dongd，

吉炯蒙浪告弄单汝。

Jid yous moux nangd ghob lot dand rut.

蒙你蒙到先头，

Moux nib moux daot xand ndoud，

蒙炯蒙到木汝。

Moux jongt moux daot mongs rut.

扛蒙阿中得包，

Gangs moux ad zheib deb beub，

扛蒙阿向得炯。

Gangs moux ad xangt deb jongb.

阿分得见，

Ad fend deb janx，

阿欠得嘎。

Ad qanb deb nghat.

帮助两家言好，奉承两姓吉言。
谢你贵言讲好发快，照你的话发家发人。
你坐得长得久，你居得安得逸。
送你一床小被，敬你一块小单。
一分小钱，一串小费。

16.

难为阿蒙勾得首，

Nand wied ad mengd goud dex shoub，

要弄加莎难为蒙。

Yaob nongb jiad sead nand weid mengd.

阿虐首得嘎养口，

Ad niub shoub dex gad yangb koud，

列口打就得叉林。

Lieb koud dad jius dex cad liongx.

麻矮蒙够闹吉久，

Mad and mengd goud laob jib jiud，

麻江样扛得勾能。

Mad jiangb yangb gangb dex goud nongx.

背叫就得莎炯勾，

Bid jiaob jiud ded sead jongb goud，

妈你窝叫能勾容。

Mad nit aod jiaob nongx goud rongb.

首林将闹扛剖标，

Shoub liongb jiangs laob gangb boud bioud，

腊召招将将几分。

Lad zhaob zhaob jiangs jiangs jid fent.

怕得拿挂昂吉久，

Pad deb nad guab ghax jid jus，

拿挂背瓜昂窝蒙。

Nad guab bid guad ghax aod mengx.

同吾窝昂几北篓，

Dongb wud aod ghax jib baid ned，

毕求忙得几北凸。

Bid qiub mengd dex jid baid aos.

皇上不能养女子，

Huangb shangb bub nengd yangs nit zis，

水想腊列想几通。

Shuid xiangt lad lieb xiangt jid tongt.

要当配埋列关否，

Yaob dangb peib manx lieb guanb woud，

剖毕几加蒙浪从。

Boud bid jib jias mengd nangd zongx.

感谢娘家把女育，口才不好来谢恩。

怀胎十月把苦受，受过很多的艰辛。

苦的阿娘吃进口，甜的让送女儿吞。

抱儿疼痛苦膝头，喂儿吃奶母殷勤。

养大嫁来我家走，忍下心头难割分。

分别如割心肝抖，好似割娘一片心。

如水下海要分流，如同蜜蜂分邦邻。

皇上不能养女子，会想也要想得清。

少钱陪情莫心忧，我们日后再还情。

17.

扛嘎玛：

Gangs nghat mangb：

朴单吉勾兰先，

pud dand jib goul lanl xanb，

朴送吉秋兰洗。

pud sot jib qeut lanl xil.

得拔相蒙首汝阿奶，

Deb npad xangb mongb soud rut ad leb，

勾梅相蒙苦汝阿图。

Goud mel xangb mougb khub rut ad ndut.

白照告蒙，

Bex zhaos ghod mongx,

泡照比瓜。

Pot zhaos bid ghuad.

就照报兰,

Jud zhaos bot lanx,

苦照报长。

Khub zhaos bot nzhangd.

扛玛扛哟补豆,

Gangs mil gangs jul bub doub,

扛迷扛哟比就。

Gangs mangb gangs jul bub jiut.

麻矮架够,

Max anb ned ngheut,

麻江几虫。

Max jangl geud nzheib.

兰包得抬,

Ned beut dex ndeb,

得包得卡。

Deb beut dex khead.

你莎几总,

Nib sat jid zeit,

炯拿几在。

Jongt sat jid nbad.

秀苦挂见楼豆,

Xoub kut janx jul loux doub,

会立挂哟楼虐。

Feib lix guat jul loux nius.

开奶钱:

讲到正客亲家,说到新娘父母。

小姐真的养好一个,小女真的有好一人。

分从心肝,垮从心肺。

抱在怀中,爱在怀内。

乳哺乳哺有三年，喂奶喂了四载。

苦的自吞，甜的吐喂。

母卧湿处，儿睡干处。

坐也不安，卧也不逸。

受苦受了很多，受累受了很长。

18.

勾梅达起首林阿奶，

Goud mel chad kit soud liox ad leb，

得拔达起首章阿图。

Deb npad chad kit sad zhangl ad ndut.

勾篓汝牙，

Goud neul rut yab，

吉追汝洋。

Ib zheit rut yangs.

汝汉排牙排洋，

Rut hant nbeal yangb nbeal yangs，

汝汉排子排那。

Rut hant nbeal zit nbeal nangs.

同奶叉单，

Ndongx hneb chad dand，

同那叉通。

Nongb hlat chad tongd.

佩见崩瓜，

Peib janx beix ghueax，

汝拿崩李。

Rut nangs beix lid.

他陇得拔单内江崩，

Teat nend deb npad dand hneb jangt blongl，

得浓单虐内抱。

Deb nint dand nius nes baos.

埋莎几分几秀，

Mex sat jid henb jid xout，

埋莎几意几现。

Mex sat jid yix jid xanx.

勾陇江扛剖得出呕，

Geud lol jangt gangs boub deb chud oud,

勾陇江扛剖骂出龙。

Geud lol jangt gangs boub mangt chud nhenx.

小姐这才长大，小女这才长成。

前看好模，后看好样。

好那身材身段，美那丽姐佳人。

如日方升，似月方现。

美如桃花，丽似李花。

今天小姐到时出嫁，小儿到时成婚。

你们通情达理，你们晓礼知仪。

答应了我们的讨求，应允了我家的媒人。

19.

埋再扛汉江方江子，

Mex yeab gangs hant jangb fangb jangb zit,

包抱几录。

Jid nongl beub beut.

扛秃扛痛，

Gangs tud gangs tongt,

扛大扛柜。

Gangs deab gangs guib.

扛汉几北吉早，

Gangs hant jid bex jid zol,

扛汉告够告肥。

Gangs hant ghob goub ghob hend.

银图补陇，

Ngongx ndut ngongx bul,

判先拷报。

Pand xand khangt bos.

秋岁麻汝告召，

Sud seib max rut ghob zhod.

秋莎麻汝告雷。

Sud sad max rut ghob leb,

向头向奶，

Xangt doud xangt led,

向牙向洋。

Xangt yab xangt yangs.

崩洞崩立，

Beix dongx beix hlieat,

兄卡列先。

Zhet ngongx zhous nggieb.

共陇见勾，

Nghet lol janx goud,

共送见公。

Songt lol janx gongb.

摆陇白比，

Beat lol bed bloud,

将陇白斗。

Jangt lol bed zongx.

白比白斗，

Bed bloud bed deul,

白纵白秋。

Bed zongx bed qeut.

明同嘎洞，

Mlens nongb ghad dongx,

通同嘎立。

Tob ndongx ghad hlieat.

尼内莎秋，

Nis nex sat qeub,

尼纵莎江。

Nis zos sat jangx.

你们还送蚊帐门帘，锦被锦套。

衣柜钱桶，银竹上料。

送那长台靠椅，送那桌台椅凳。

金银首饰，颈圈耳环。

绫罗绸缎布匹，丝绸绫罗布缎。

大匹小匹，宽匹长匹。

金盆银碗，金杯银筷。

抬来成串，抬送成团。

摆来满屋，放来满房。

满坪满地，满堂满殿。

金光闪闪，银光亮亮。

是人都喜，是众都爱。

20.

埋拿炯那油勾，

Mex nanb jongb nangb yous goud，

埋莎炯骂油得。

Mex seid jongb mangt nhangs deb.

送秋陇单，

Songt qub lol dand，

送公陇送。

Songt lanl lol sot.

他陇龙昂充埋勾你够莎，

Teat nend nongx nieax ceit mex geud nib goub seab，

他陇服酒然埋勾炯够肥。

Teat nend hud joud reax mex geud jongt goub hend.

几北勾梅，

Jid beb goud mel，

几怕得拔。

Jid peab deb npad.

要汉嘎秋，

Yaot hant nghat qub，

休汉嘎兰。

Xub hant nghat lanl.

埋列出起几筐,

Mex lies chud qib jid kuangb,

埋汉出写几头。

Mex lies chud xed jid ndoud.

你们哥兄老弟,你们叔爷伯子。

送亲来到,陪嫁来临。

今天吃肉奉请你们坐居上席,

今日喝酒奉敬你们坐在上位。

嫁了小女,别了小姐。

我们少礼,对人不住。

你们要做宽肠大肚,你们要做宽容大量。

21.

歌言唱送引亲娘,

Goud yand changes shongb yinb qinb niangx,

吉伞蒙汝阿奶拔。

Jid suand mengd rub ad liet pab.

同图就标伞窝梁,

Tongb tub jiux bioud suand aod liangx,

发照背高单窝便。

Fab zhaob bib gaox danb aod biat.

家内吉标汝全堂,

Jiab niex jib bioud rub qianb tangb,

告豆汝得亚汝嘎。

Gaox dout rub dex yad rub gad.

头上父母更齐强,

Toub shangb fub mub gangb qid qiangb,

百岁炯通阿吧阿。

Beid suib jongb tongt ad bad ad.

乙候内出腊乙江,

Yid houb niex chub lad yid jiangs,

发达兴旺同内帮。

Fab dad xins wangb tongx niex bangb.

夫妇同老寿年长，

Fud hub tongb laob shoub niab zhangs，

窝虐快夫求杀萨。

Aod niub kuaib fud qiux shad shab.

歌言唱送引亲娘，挑选你个好美人。

起屋要选好木梁，发枝发叶从菀兴。

家内前后好全堂，膝下好儿又好孙。

头上父母更齐强，百岁再加二十零。

你来引亲是正当，发达发旺从此兴。

夫妇同老寿年长，龙凤朝阳光辉生。

22.

扛奶秋：

Gangs ned qub：

阿奶内秋，

ad leb ned qub，

阿图不秋。

ad ndut bul qub.

蒙拿莎尼汝内几补，

Moux nax sat nis rut nex jib bul，

埋汉莎尼汝嘎记冬。

Mex hant sat nis rut kheat jib deib.

埋浪几篓汝内，

Mex nangd jib neul rut nex，

埋浪吉追汝纵。

Mex nangd jib zeit rut zos.

最内最总，

Zeix nex zeix zos，

最比最缪。

Zeix bleid zeix mloux.

同陇松汝，

Nongb hlod seid rut,

同图松单。

Nongb ndut seid danx.

内叉奈埋勾陇炯秋，

Nex chad hnant mex geud lol jongb qub,

内叉奈埋勾陇不会。

Nex chad hnant mex geud lol bul huet.

扛埋囊松崩竹，

Gangs mex nangs seib blongl zhux,

囊忙崩吹。

Nangs hmangt blongl cheid.

闹夯闹共，

Laot hangd laot ghot,

求补求绒。

Njout bul njout reix.

单吧得痛呕雅，

Dand bat ndeb tongd eud yal,

单弄得汉几录。

Dand hleit ndeb hant eid yul.

谢引亲：

一个引亲娘，一位送亲哥。

你们都是好人高人，你们都是美女帅哥。

你们前头好人，你们后头好众。

齐人齐众，齐眷齐属。

如竹生好，似木生直。

这才奉请你来引亲，这才要你背姐出门。

你们半夜出门，五更出户。

上坡下岭，爬山过河。

出汗湿透衣襟，出力汗流湿背。

23.

陇单剖浪吉比，

Lol dand boub nangd jib bloud,

陇送剖浪几斗。

Lol sot boub nangd jib deul

得拔莎拿见秋，

Deb npad sat nax janx qub,

得浓莎拿见兰。

Deb nint sat lol janx lanl.

报比剖再要埋浪阿汉得吾得，

Bos bloub yeab yaot mex nangd ad hant deb wub deb,

报竹剖再拿要埋浪得够得肥。

Bos zhux yeab yaot yaot mex nangd deb goub deb hend.

扛埋得你几没落乙，

Gangs mex dex nib mex ngand yil,

得炯得到汝总在。

Dex jongt deb daot rux zib zeb.

龙锐几没浪先，

Nongx reib jid mex hnangd xanb,

龙列几没江求。

Nongx hliet jid mex hnangd njoud.

来到我们家里，走到我们家内。
女儿今已成嫁，男儿今已成婚。
进屋我们少了你们浓茶开水，
进户我们慢了你们桌椅坐凳。
让你居得不安逸，坐得不自在。
吃菜没有听盐，吃汤没有着油。

24.

几爬几柔，

Jid nbad jid rab,

久纵久在。

Jex zoub jex zeab.

他陇要汉窝洞勾埋儿陇，

Teat nend yaot hant ghob dongb geud mex jid longl，

他陇要固巴汉勾埋吉江。

Teat nend yaot gub beat hant geud mex jid jangt.

尼扛阿分得见，

Nis gangs ad fend deb janx，

阿声得嘎。

Ad kuet deb nghat.

勾猛浓最浓松，

Geud mongl nious zeix nious sod，

勾猛浓烟浓穷。

Geud mongl nious yand nious nqot.

休哟埋列嘎斩大起，

Xub jul mex lies ghad zanl dab qib，

要哟埋列嘎弄达写。

Yaot jul mex lies ghad nongt dab xed.

又窄又挤，不自不在。
今天少了礼物前来致谢，
今日少了礼行前来致意。
只是一份小钱，一块小费。
拿去买丝买线，拿去买丝买烟。
收了你们不要冷心，纳了你们不要冷意。

九、拦门互敬

1.

度标浪度：

Dud bloud：

他陇打豆汝内，

Teat nend dab doub rut hneb，

他陇打吧汝虐。

Teat nenb dab blab rut nius.

打豆明同同，

Dab doub mlens ndongd ndongd，

打吧充热热。

Dab blab ceib res res.

汝内几叟，

Rut hneb jid seub，

汝虐吉研。

Rut nius jid nkiand.

汝内当秋，

Rut hneb dangl qub，

汝虐当公。

Rut nius dangl lanl.

主人的话：

今天好个吉日，今日好个良辰。

地上祥光闪，天上青云蓝。

吉日欢喜，良辰欢笑。

吉日接亲，良辰结婚。

2.

秋先兰西，

Qub xanb lanl xil,

秋共兰汝。

Qub ghot lanl rut.

窝炯比高，

Ghob jongx bid gaod,

猛内猛嘎。

Mil nex mil kheat.

阿堂尼埋嘎闪，

Ad ndangx nis mex ghad shanb,

阿秋尼埋嘎林。

Ad qeut nis mex ghad liox.

头半几叟，

Ndoul band jid seub,

剖浪告炯陇豆。

Boub nangd ghob jongx lol doub.

相蒙吉研，

Xangb mib jid nkiand,

剖浪告炯陇单。

Boub nangd bid gaod lol dand.

头半当格告炯埋达，

Ndoul band dangd nkhed ghob jongx mex lol,

相蒙当梦比高埋单。

Xangb mongb dangd end bid gaod mex dand.

埋达龙柔，

Lol dand lies dangl,

埋陇龙虫。

Lol sot lies jex.

勾埋崩卡崩绒，

Geud mex blongl kad blongl ros，

勾埋崩见崩嘎。

Geud mex blongl janx blongl nghat.

新亲旧亲，古亲旧眷。

后辈舅爷，君子大人。

你们辈分最高，你们资格最大。

很是欢喜，我们后辈光临。

非常高兴，我们舅爷进门。

真的等望你们很久，实在盼望你们多时。

来了要迎，到了要接。

让你们费心费力，让你们费金费银。

3.

内卡浪度：

Nex kheat：

汝奶埋莎当秋，

Rut hneb mex sat dangl qub，

汝牛埋拿当公。

Rut nius mex lol dangl goud.

埋浪打绒报比，

Mex nangd dab rongx baos bloud，

达潮抱竹。

Dab nceut baos zongx.

得拔见汝秋先，

Deb npad janx rut qub xanb，

得浓到汝兰西。

Deb nint daot rut lanl xil.

剖拿出汉告炯，

Boub nangb chud hant ghob jongx，

剖莎尼汉比高。

Boub sat nis hant bid gaod.

告炯斗你告柔，

Ghob jongx doul nis ghob roub,
比高斗炯告紧。
Bid gaod doul jongt ghob gid.
吉久研呕,
Ghob joud nianl eud,
磅巴研昂。
Bangt beas nianl nieax.
要汉礼松勾陇,
Yaot hant lis seid geud lol,
要汉冬汝勾会。
Yaot hant dongb rut geud huet.
冬呕昂昂,
Dongl eud ngad ngad,
松西闪闪。
Songd xib shanb shand.

客人的话:
好个日子外甥接亲,好个吉期你们请客。
你们龙神进家,喜神进屋。
女人成婚出嫁,男人迎喜接婚。
我们做这舅爷,我们是这后辈。
舅爷坐在大岩板中,后辈坐在大岩山上。
身上单衣,面上寨瘦。
少了礼物抬来,缺了礼品贺喜。
衣袖太短,手臂太长。

4.

拿照捕格捕没,
Nax zhaos nput gheb nput mes,
拿纵够豆够斗。
Nax zhaos khongb deud khongb doul.
出汉得弄得柔,
Chud hant deb nangb deb ral,
剖尼得哈得篓。

Boub nis deb had deb loul.

埋列出起几筐，

Mex lies chud qib jid kuangb，

埋汉出写几头。

Mex lies chud xed jid ndoud.

埋列奈反，

Mex lies nanb fand，

埋列奈追。

Mex lies ghad guant.

照陇出花出求，

Zhaos nend chud fad chud njout，

勾追出乖出林。

Goud zheit chud gueb chud liox.

出笔出包，

Chud bix chud beul，

出楼出归。

Chud neul chud ghuis.

这样无光无彩，这般无脸无面。
做这小人动作，似那穷苦所为。
你们要宽宏大量，你们要宽肠大肚。
远看一点，莫看当面。
日后发达兴旺，今后富贵繁荣。
发人发家，发达发旺。

5.

内西列拢当内嘎，

Ned xib lies lol dangl nex kheat，

几最牙要苟竹当。

Jid zeix yas yot geud zhux dangl.

禾炯背高同良那，

Ob jongx bid god ndongl liangd lat，

休白半弟沙几洋。

Xeud bed bans deib sat jid yangx.

得葵少苟萨休岔，

Deb ngunx shangt geud sead xongb nchat，

吉溜萨竹同邦朗。

Jid lious sead zhux ndongl bangd langd.

过午要来迎宾客，聚齐姑娘望迎门。

舅爷人众来多些，来到门外挤满坪。

姑娘唱歌来迎接，迎门歌唱多得很。

6.

娘尼保单埋阿告，

Niongs niex bod dand mex ad ghot，

娘爬扛埋共阿苟。

Niongs nbeat gangs mex nghet ad goul.

林豆当埋苟酒禾，

Liongx doub dangl mex geud joud ob，

林且当埋拢禾酒。

Liongx nqeb dangl mex longb ob joud.

则埋大为苟标报，

Zel mex dad weib geud nbloud bos，

吉吧足意少报标。

Jid bab jid yil sheub bos nbloud.

祭祖报到你们边，祭肉你们抬一腿。

大祖等你把酒劝，元祖等你把酒吃。

迎接你们进屋快，作揖赶快进屋里。

7.

难为禾炯埋拢忙，

Nanx weib ob jongx mex lol mangl，

内西忙叫埋叉单。

Hned xib hmangt jos cad lol dand.

林豆当埋当几娘，

Liongx doub dangl mex dangl jid niangs，

林且当埋禾酒斩。

Liongx nqeb dangl mex ob joud zanl.

列扛服术出阿忙，

Lies gangs hud sub chud ad mangs,

出花出求汝剖埋。

Chud fal chud njout rut boub mex.

多谢舅爷费力你，下午快夜你到此。

林豆等你等不起，林且等你来劝酒。

要你一帮齐喝醉，做发做旺我们有。

8.

当吉走、头烔：

Dangl jid zoub、ndoul jongx：

头烔拢林阿充虫，

Ndoul njongx lol liob ad ncat nzheit,

纠巧各虫阿苟单。

Jox qod gul nzheit ad goud dand.

再斗尖恩共吉龙，

Zeab doul janx ngongx nghet jit longl,

相蒙共汝阿充见。

Xangd minb nghet rut ad ncat janx.

纠巧白楼谷巧弄，

Jox qod nbed noux gul qod nongt,

禾得太虫板出连。

Ob dex tanb nzheit beat chud lianx.

林豆龙埋阿苟烔，

Liongx doub nhangs mex ad goud jongt,

林且龙埋阿苟单。

Liongx nqeb nhangs mex ad goud dand.

迎母舅：

娘舅抬来很多担，九挑十担一起来。

还有许多的银钱，真的抬好多礼财。

粑粑九挑米十担，摆放不下放得满。
林豆同你一起在，林且和你一起来。

9.

当吉录、二炯：
Dangl jid lul、erb joub：
二炯拢林阿充嘎，
Erb joub lol liox ad congd nghat，
共林见嘎几良养。
Nghet liox janx nghat jit lieax yangl
再斗白楼同干那，
Zeab douln bed noux ndongl gheb hlat，
白弄林拿柔告江。
Nbed nongt liox nas roub ghob jangd.
尖恩白久不出八，
Janx ngongx bed joud bul chud nblas，
潘先写秃白报长。
Pand xand xet tud bed bot nzhangl.
林豆龙埋阿苟嘎，
Liongx doub nhangs mex ad goud gheat，
林且当埋禾酒江。
Liongx nqeb dangl mex ob joud jangl.

迎妻舅：
妻舅抬送多礼财，抬送礼财真的多。
粑粑大如月亮圆，糍粑大如大岩坨。
银钱满在身上戴，银首银饰满身多。
林豆和你一起来，林且等你劝酒乐。

10.

当吉嘎、姑爷：
Dangl jid gad、gud yel：
吉嘎埋拢肥力凤，
Jid gad mex lol feib lil hent，

呕求肥力埋浪久。

Oub njoux feib lil mex nangd jud.

尖恩嘎格共吉龙，

Janx ngongx nghat nggeb nghet jit longl,

礼松吧汉共林偷。

Lit seid beat hant nghet liox toub.

亚共潮录高潮弄，

Yal nghet nzot nongl nhangs nzot nongt,

共汝几然闹剖标。

Nghet rut jid reax lot boub nbloud.

迎姑舅：

姑娘费力来见面，真的费力你们了。

抬有金银和钱财，礼财百样抬得好。

糯米黏米都抬来，抬好都送主人了。

11.

当吉牙、得拔：

dangl gib yad、deb npad:

苟梅得拔埋莎单，

Goud mel deb npad mex sat dand,

他拢告求回力埋。

Teat nend ghob njout feib lil mex.

埋拢出嘎汝归块，

Mex lol chud kheat rut gueid kueat,

共林共汝麻林见。

Nghet liox nghet rut max liox janx.

度标浪求足吉研，

Dud nbloud nangd njout zhub jid nkand,

他拢度标足发才。

Teat nend dud nbloud zhub fal ceal.

迎女舅：

女儿姊妹都来了，今日面上费力你。

你来做客好周到，抬大抬好大钱米。
主人心满他欢笑，今日发财主人喜。

12.

拢通剖让出内嘎，

Longb tongs boud rangb chub niet gas,

送牙拢通剖阿者。

Songb yab longb tongd boub as zhes.

埋拢召林阿充嘎，

Manx longb zhaob liongb as congb gat,

牙秋浪桶没恩奶。

Yas qiub langb tongx meib ghenb leid.

费心费力都不怕，

Feib xins feib lib doub bub pab,

内然眼看最清白。

Niet srab yuanb kanb zuis qingb bais.

迎接埋拢苟标嘎，

Yinb jies manx longb gous boud gad,

容颜喜笑周热热。

Rongb yuanb xis xiaob zhous reb reb.

纵列苟萨接一下，

Zongb liet gous seax jieb yib xiab,

吉候度标出闹热。

Jib hous dub boud chus naos reb.

做客来到我们家，送亲来到我家歇。
你们花费了大价，嫁妆桶内银子塞。
费心费力都不怕，大众眼看最清白。
迎接你们亲热话，喜笑颜开笑眯眯。
总要把歌接一下，大家满意才闹热。

13.

拢通剖让出内卡，

Longb tongs boud rangb chus niet kax,

出卡拢通剖浪让。

Chus kax longb tongd boub langb rangs.

埋拢为个送得牙，

Manx longb weix ges songb des yab,

麻共尼埋送老仰。

Mab gongb nib manx songd laos yangx.

送秋召林阿充嘎，

Songd quit zhaos liongb as congb gas,

花费银钱一大广。

Huas feib yinb qiand yis dab guangt.

埋标召见埋几洽，

Manx boud zhaob jianb manx jis qiax,

同葡扬名再嘎养。

Tongb pub yangb mingb zaib gas yangd.

拢单追竹苟苟卡，

Longb danb zuib zhub gous gous kas,

吉岔列够萨阿抢。

Jib cab liet gous seax as qiangt.

来到我村来做客，做客来到我们乡。
你们来是嫁小姐，老班你们送老仰。 仰：方言，指最小的女儿。
送亲花费一大些，花费银钱一大广。
花费钱米不可惜，四下扬名通四方。
来到门边要迎接，要求要来把歌唱。

14.

拢通埋冬送苟梅，

Longb tongd manx dongt songx gous meit,

埋令剖走久同埋。

Manx liongb boub zout jious tongb mans.

酒席当竹埋难喂，

Jious xib dangb zub manx nanx weit,

皮闹号拢皮收善。

Pis naob haos longb pib shoud shanb.

嫁妆佩女莎几没，

Jiab zhangb peib nvs shab jib meib,

各样每得一点点。

Geb yangb meib des yid dianb dianb.

想召尼难剖浪肥，

Xiangb zhaob nib nanb boub langb feib,

弄几汝乙把口开。

Nongx jis rub yis bas koud kais.

来到你家送小姐，你富我贫不同间。

酒席拦门把我接，边到这里边惊颤。

嫁妆配女也没得，各样每得一点点。

想到这些丑情节，怎么有脸把口开。

15.

单弄当竹苟萨将，

Danb nongx dangb zub gous seax jiangb,

埋号亚汝窝声亚汝萨。

Manx haos yab rub aos shengb yas rub seax.

嫁妆配女不像样，

Jiab zhangb peib nvb bub xiangb yangb,

弄记汝乙弄吉咱。

Nongb jis rub yib nongb jib zhas.

陪情不起记情上，

Peib qingb bus qid jib qingb shangx,

汝从见够窝柔大。

Rub congb jeans goub aos roub dad.

到边拦门把歌唱，你们又好声音好歌言。

嫁妆配女不像样，怎么有脸出声来。

陪情不起记情上，好情记住在心间。

16.

送秋剖拢埋冬送，

Songx quit bout longb manx dongb songd，

苟梅将闹埋浪板。

Goud meis jiangb naos manx langb bans.

高那高苟会吉龙，

Gaos nab gaos goux huis jib longb，

亲戚六眷完全单。

Qin qix lus jianb wanb qianx danb.

栏门埋腊把礼用，

Lanb mens manx las bas lix yongd，

桌上酒肉放三碗。

Zuos shangb jioub roub fangb sanb wanx.

三杯三碗照吉弄，

Sanb beib sanb wanb zhaob jib nongb，

一杯拿来敬上天。

Yos beib nab laib jinb shangb tians.

地脉龙神进敬供，

Deib manx longb shengb jinb jinx gongt，

天大地大奶奶安。

Tians dab deib das niet niet ans.

祖宗睡你弄头穷，

Zhus zongb shiub nis nongb toub qiongb，

国亲师位尼家先。

Guos qinb shid weib nib jias xianb.

二杯列扛红媒公，

Erb beib liet gangb hongb meib gongd，

候剖欧告达起见。

Hous boub ous gaot dax qid jianb.

开亲结义嘎养浓，

Kais qinb jieb yis gas yangb nongt，

亲戚欧告望长远。

Qins qix ous gaot wangx changb yuand.

三杯列扛客大众，

Sanb beis liet gangb kex das zongd，

人等房族都优待。

Renb dengs fangb zhub doub youb danb.

我们大家来相逢，

Wob menb das jias laib xiangb fongb，

三班老少周吉年。

Sanb bans laob shaox zhout jib niangt.

福如东海背苟炯，

Fub rub dongb hais beib gout jiongb，

各位寿老比南山。

Geb weib shoub laos bib nanb shuanb.

送亲我们你家送，小女嫁到你家来。

我们老弟和哥兄，亲戚六眷都到边。

拦门你们把礼用，桌上酒肉放三碗。

三杯三碗礼节重，一杯拿来敬上天。

地脉龙神进敬供，天大地大在此间。

祖宗写在红纸中，国亲师位是家先。

二杯要送红媒公，帮助我们把亲开。

开亲结义浓又浓，亲戚两面望长远。

三杯要敬客大众，人等房族都优待。

我们大家来相逢，三班老少都喜欢。

福如东海深水浓，各位寿老比南山。

十、福德九祖

1.

棍尼：

Ghunb niex：

出见龙到长洗蒙，

Chud janx nhangs dot nzhangd xib mongb，

西笑记埋叉出包。

Xib xangb jid minx cad chud beul.

岔约度共列充棍，

Nchat yol dut ghot lies ceit ghunb，

少奈棍尼照苟篓。

Shob hnant ghunb niex zhos goud neul.

林豆林且你打绒，

Liongx doud liongx nqeb nieb dad reix，

剖尼充埋得秀休。

Boub nis ceit mex deb xoud xub.

大祖神：

丁财发旺来敬你，要敬祖神才发齐。

讲了古话把神起，奉请祖神先降临。

林豆林且住天居，我们是请你儿妻。

2.

林豆打绒否关半，

Liongx doud dad reix woul guant bans,

尖嘎冬豆尼否关。

Janx nghat deid doub nis woul guant.

几奶加起几奶汉，

Jid leb jad qib jid leb heab,

强强扛否录干干。

Njangl njangl gangs woul nhongl gand gand.

几没阿内麻总在，

Jid mex ad hneb max zid zeab,

要尖要嘎出几见。

Yot janx yot nghat chud jid janx.

几没背西列背难，

Jid mex beib xil lies beid nanb,

几没尖嘎扛否判。

Jid mex janx nghat gangs woul panb.

林豆在上他管完，世间钱财是他管。
哪个坏心哪个害，常常送他穷光蛋。
没有一天坐自在，少钱没财不平安。
没有背湿要遭难，没有财运送他来。

3.

扑单阿奶良松汝，

Pud dand ad leb liangl seid rut,

出单号几见嘎阿。

Chud dand hob jib janx nghat od.

汝见汝嘎拢不布，

Rut janx rut nghat lol bus bus,

见空嘎岭拢哈哈。

Janx khongb nghat liot lol hat hat.

见闹吉标拿达吾，

Janx lol jib nbloud nax dad us,

嘎闹几竹拿达萨。

Nghat lot jib zhux nax dat sad.

他拢充麻闹吉无，

Teat nend ceit mex lot jib us，

肚标出岭他打便。

Dud nbloud chud lit nteat dad nblab.

讲到一个良心好，做到哪里都顺手。

好钱好财都来了，白财好运顺了头。

钱来家中真不少，财源广进日日有。

今日请你把家到，户主金银堆北斗。

4.

冬豆得休尼否扛，

deid doub deb xub nis woul gangs，

冬内嘎让否发拢。

Deib las gead rangt woul fal longb.

达尼加起否久将，

Dat nis jad qib woul jet jangt，

尼扛阿图得休青。

Nis gangs ad ndut deb xub qob.

林拢青内奈儿娘，

Liox lol qob nex hnant jid niangs，

共约再列早踏林。

Ghot lol zeab lies zod tad liox.

世间银儿是他送，人间金孙是他发。

若人坏心求不应，若应只送那儿差。

以后教育儿不听，老来还要糟蹋大。

5.

出内列苦禾奶玛，

Chud nex lies khub ob ned mat，

出总列扛汝良松。

Chud zos lies gangs rut liangl seid.

否扛阿奶得苟然,

Woul gangs ad leb deb goud ras,

蒙共否几长苦蒙。

Moux ghot woul jid nzhangd khub moux.

出加出业汝尖嘎,

Chud jad chud niel rut janx nghat,

良西少照几洋桶。

Liangx xid sat zhot jid yangx tongt.

为人总要孝为先,世人都要好良心。

送他一个好儿来,到老他把你孝敬。

创家立业好钱财,粮食满库仓满盈。

6.

杜标良松嘎养汝,

Dud nbloud liangl seid ghad yangl rut,

向蒙同葡通打便。

Xangb mingb ndeib nbut tongd dad nblab.

棍得炯你弄召度,

Ghunb deb jongt nieb leut zheud dut,

杜标修汝否拿咱。

Dud nbloud xoud rut woul nax zead.

他拢充埋单记无,

Teat nend ceit mex dand jib us,

扛埋服酒亚龙昂。

Gangs mex hud joud yal nongx ngeab.

扛得扛嘎拿达吾,

Gangs deb gangs gead nax dad us,

扛汝得恩首出嘎。

Gangs rut deb ngongx soud chud gead.

户主良心好得很，出名讲遍到天堂。
送子祖神在天云，户主修善他知良。
今天虔诚请你们，敬供喝酒吃肉香。
送来银儿和金孙，送好儿孙连连养。

7.

归楼归弄尼否关，
Ghunb noux ghunb nongt nis woul guant,
阿就挂猛休阿冲。
Ad jiut guat mongl xoud ad congd.
棍豆棍柔洞否板，
Ghunb doub ghunb roub dongt woul beat,
汝茶加茶由否分。
Rut nzat jad nzat youl woul fend.
出茶浪内嘎赖山，
Chud nzat nangd nex ghad lant sanb,
自列吉娃出苟动。
Zib lies jid ngangs chud goud dongb.

谷魂米魂是他管，一年过去收一春。
田神地神听他言，收丰收薄由他分。
耕春的人莫懒散，就要勤奋来耕耘。

8.

出内冬豆列洞度，
Chud nex deid doub lies dongt dut,
内拢记剖阿乙想。
Nex nhangs jib boub ad yil xangt.
嘎想内加扛喂汝，
Ghad xangt nex jad gangs wel rut,
阿睡见同巴度浪。
Ad seit janx ndongl bad dud nangd.
棍竹棍吹候报葡，

Ghunb zhux ghunb cheid heut bob nbut,
棍楼棍弄达起江。
Ghunb noux ghunb nongt dad qib jangx.
扛蒙粮西汝不布,
Gangs mongb liangl xid rut bus bus,
白秃白桶照几洋。
Bed tud bed tongt zhot jid yangx.

做人世间要听话,人与自我一样想。
莫想我好送人差,要与我自己一样。
门头老鬼去传他,谷魂米魂爱他良。
好的收成送给他,满仓满库满盈装。

9.
内扑良松叉求泻,
Nex pud liangl seid cad njout xet,
出单号几见单阿。
Chud dand hob jib janx dand ead.
他陇然埋扛酒列,
Teat nengd reax mex gangs joud liet,
炯闹虫兵出阿嘎。
Jongt lot nzhongb nbloud chud ad gal.
其夫归楼扛白热,
Jid fud ghunb noux gangs bed rel,
其夫归弄扛白杂。
Jid fud ghunb nongt gangs bed nzat.

人讲良心天有见,做到哪里都圆满。
今天奉你敬酒饭,坐到堂屋做一团。
保佑谷粟把仓满,保佑粮食满仓盖。

10.
林豆棍书拢保佑,
Liongx doud ghunb shud lol bot youb,

林且棍收否拿咱。

Liongx nqeb ghunb sheud woul nax zead.

汝容白吹长油油，

Rut yongx bed cheid zhangl yous yous，

汝爬白中长哈哈。

Rut nbeat bed zhongx zhangl hab hab.

打油白中吉旧旧，

Dab yul bed zhongx jid jous jous，

汝尼包白禾中阿。

Rut niex beut bed ob zhongx ead.

林豆管畜神佑来，林且管畜神看清。

好羊满栏长得快，猪长满圈多得很。

黄牛成群挤满栏，水牛卧满栏中存。

11.

首嘎拿林爬拿章，

Soud gheab nax liox nbeat nax zhangl，

呕求再斗禾忙容。

Oub njout zeab doul ob mangl yongx.

嘎嘎告就几吼让，

Gheab ghat ghob jiux jid houb rangl，

半弟白汝忙录恩。

Bans deib bed rud mangx nus ngongx.

棍书棍收扛埋闹苟夯，

Ghunb shud ghunb sheud gangs mex lot goud hangd，

冬腊埋标汝良松。

Deib las mex nbloud rut liangl seid.

养鸡也大猪也长，另外还有那羊群。

雄鸡啼鸣满寨响，门外鸭鹅满地坪。

六畜神恩来赐赏，世间户主好良心。

12.

棍先扛汉先麻头,

Ghunb xand gangs hant xand max ndoud,

棍木扛汝木麻抓。

Ghunb mux gangs hant mux max zheax.

他拢充埋闹单标,

Teat nend ceit mex lot dand nbloud,

禾就你单纠各便。

Ob jiut nieb dand jiut ghob nblab.

你气古老浪告纠,

Nieb nqangb gut lot nangd ghob jiut,

炯拿朋古浪禾娃。

Jongt nangs nbongl gut nangd ob weax.

福神送来福长有,寿神送好命长寿。

今奉你们来到此,寿年坐出九五头。

活如古老一样久,如那彭古一样寿。

13.

剖内苟虐你冬腊,

Boub nex goud niongl nieb doub las,

纵尼列苟良松修。

Nis zos lies geud liangl seid xoud.

棍先棍木苟蒙麻,

Ghunb xand ghunb mux goud mongl mangl,

你到果比炯到头。

Nieb dot ghueub bib jongt dob ndoul.

得嘎白标周哈哈,

Deb gead bed nbloud zhod hat hat,

快夫到他你冬豆。

Kueab hud dot ntat nieb deib doub.

我们凡间人世上，是人要把良心修。
福寿好神要来帮，居得白头坐得久。
喜笑儿孙发满堂，快活得福在人世。

14.

阿奶得最松加凤，
Ad leb deb nceid sengd jad hengt,
加内加卡良松没。
Jad nex jad kheat liangl seid mex.
否安几林禾内共，
Woul nganl jid liox ob nex ghot,
强强几苟香勇克。
Njangl njangl jet geud xangd yid nkhed.
棍秋棍兰候否梦，
Ghunb qub ghunb lanl heut woul menb,
到汝佩夫内苟梅。
Dot rut peib fud nex goud mel.

一个小伙生丑很，人才生丑有良心。
他把老人来孝敬，常常不把名利争。
婚姻大神把他顺，得好妻子好夫人。

15.

加拔到崩得最汝，
Jad npad dot bod deb nceid rut,
阿奶牙要汝良松。
Ad leb yas yot rut liangl seid.
干内秀苦哭达吾，
Ghans nex xoub kut khub dad us,
候内候纵久阿充。
Heut nex heut zos jub ad congd.
林豆棍秋单告处，
Liongx doub ghunb qub dand gob cub,

棍来候佩麻汝崩。

Ghunb lanl heut peib max rut bod.

丑女得个帅好夫，这个姑娘好良心。
见人受苦她帮助，帮人帮众多得很
婚姻大神到她处，大神赐她好夫君。

16.

出内自列良松汝，

Chud nex zib lies liangl seil rut,

久扑松汝背松加。

Jet pud sengd rut bib sengd jad,

空苟良松修不不，

Kit geud liangl seid xoud bus bus,

打奶同葡求打便。

Det leb ndeib nbut njout dad nblab,

棍秋棍兰奶格布，

Ghunb nqub ghunb lanl leud gheb bud,

克干几蒙汝照阿。

Nkhed ghanl jid moux rut zhos ead.

锐拔锐浓苟吉吾，

Reib npad reib nit geud jid us,

呕图呕奶出阿嘎。

Oub ndut oub leb chud ad gal.

为人就要良心好，不讲好丑面生成。
肯把良心修得到，自己扬名上天庭。
婚姻大神开眼笑，看见你人好这等。
牵女牵男合婚妙，两位二人美满婚。

17.

达尼出乖乖久汝，

Dat nis chud ghueb ghueb jet rut,

虐虐纵想列龙内。

Nius nius zongx xangt lies nongx nex.

冬豆内则否没葡,

Deid doub nex zead woul mex nbut,

林且打便炯当克。

Liongx nqeb da nblab jongt dangl nkhed.

后否几见出阿竹,

Heut woul jid janb chud ad zhut,

苟追否叉加萨且。

Goud zheit woul cad jad sad qel.

若是为官官不好,天天紧想要吃人。

是人恨他丑名了,林且天庭坐看等。

记他罪恶要应报,过后恶报定不轻。

18.

出乖汉内尼汉堵,

Chud ghueb heab nex nis heab dud,

林且候否几见周。

Liongx nqeb heub woul jid janb zhol.

走巧走加拿达吾,

Zoux qot zoux jad nax dad us,

几够告柔金刀走。

Jid goux ghob roub gid ndot zoux.

棍梦求否出阿竹,

Ghunb mub njout woul chud ad zhus,

棍达吉留求否标。

Ghunb das jid lioul njout woul nbloud.

做官害人是害己,林且帮他记清头。

碰到恶报马上会,还未老时马上有。

病灾上身做一起,死神缠他无处走。

19.

棍乖打绒否浪度，

Ghunb ghueb dad reix woul nangd dut,

林且打便否克咱。

Liongx nqeb dad nblab woul nkhel zeal.

几奶出乖嘎出汝，

Jid leb chud ghueb ghad chud rut,

走加走汝拿久差。

Zoux jad zoux rut nax jet cad.

加起加写足加葡，

Jad qib jad xed zhub jad nbut,

苟追打奶列走加。

Goud zhet dat leb lies zoux jad.

官员大神听得明，林且天庭他见知。

哪个为官做得清，善恶报应不偏头。

坏心坏肠坏名声，过后自己要应丑。

20.

出乖内扑蒙出汝，

Chud ghueb nex pul mongb chud rut,

出度内扑蒙出充。

Chud dud nex pud mongb chud congd.

久想向用岭巴度，

Jet xangt xangd yit liot bad dud,

尼内尼总足江蒙。

Nis nex nis zos zhub jangx mongx.

出汉汝乖到汝葡，

Chud hant rut ghueb dot rut nbut,

汝乖汝度单把炯。

Rut ghueb rut dud dand bad jongx.

做官人讲你做好，在职人讲你清廉。
不义黑财他不要，是人是众把你爱。
做这好官好名号，好官定会生根来。

21.

杜标良松修汝凤，

Dud nbloud liangl seid xoud rut hongt,

林且打绒吉克咱。

Liongx nqeb dad reix jid nkhel zeal.

他拢充埋闹堂炯，

Teat nend ceit mex lot ndangl jongt,

西单孝送几没差。

Xib dand xot songt jid mx cal.

林豆扛乖拿达中，

Liongt doud gangs ghueb nangs dad zheis,

林且扛乖拿达萨。

Liongx nqeb gangs ghueb nax dad sad.

见乖麻林巴金虫，

Janx ghueb max liox bad gid nchot,

德共出足亚单嘎。

Deb ghot chud zhul yal dand geal.

户主良心修得好，林且在上看得清。
今奉你们到堂了，请到送达不差分。
林豆送官马上到，林且送职即上登。
成官大爷根可靠，儿老做足又到孙。

22.

林豆炯照打便周，

Liongx doud jongt zhos dab nblab zoud,

林且炯斗打便内。

Liongx nqeb jongt doud dad nblab hneb.

然闹尼然否浪呕，

Reax lot nis reax woul nangd oud,

充闹尼充纠奶得。

Ceit lot nis ceit jox leb deb.

列埋其夫古杜标，

Lies mex jid fud khub dud nbloud,

你查炯汝扛充白。

Nib ceab jongt rut gangs ceid bel.

汝苟猛豆茶吉久，

Rut goud mongb doub ncad jid jos,

汝公猛炯查几得。

Rut gongb mongb jongb ncad jid det.

林豆坐在天庭里，林且他坐在上天。
奉下是奉他的妻，请下请他九儿来。
你们保佑主家利，吉利清白坐平安。
疾病脱去得痊愈，病痛康复脱了灾。

23.

棍尼单标列其夫，

Ghunb niex dand nbloud lies jid fud,

他数将那查吉久。

Ntad sud jangt hleat ncad jid jos.

吉久猛豆跟刀汝，

Jid jos mongb doub genl ndot rut,

阿钱斩松莎几斗。

Ad janb zead seid sat jet doul.

产格吧怪抓达吾，

Canb gheib beat gueab zhad dad us,

你查炯汝照冬豆。

Nieb nceab jongt rut zhos jid doub.

大祖到家要来保，解锁脱绳康复痊。
身上疾病马上好，一点灾星都不染。
千异百怪隔除了，居吉坐利在凡间。

24.

休汝良松汝尖子，

Xoud rut liangl seid rut jant zit,

汝约再汝吉高初。

Rut yol zeab rut jid god cub.

总总在在出阿标，

Zib zib zeab zeab chud ad nbloud,

共让尖尖足快夫。

Ghot rangt janl janl zhub kueab hud.

阿标林休吉研周，

Ad nbloud liox xub jid nkand zhod,

阿竹共让吉研足。

Ad zhux ghot rangt jid nkand zhub.

修好良心好运大，好了再好福气多。

自自在在做一家，老少完全很快活。

一家大小笑开花，一屋老幼欢喜乐。

25.

棍空棍得尼否将，

Ghunb kongb ghunb del nis woul jangt,

林豆林且将否拢。

Liongx doud liongx nqeb jangt woul lol.

虐西林豆浪告样，

Nius xib liongx doud nangd ghob yangb,

虐满林且否阿纵。

Nius manl liongx nqeb woul ad zongx.

西吾孝斗否当项，

Xib ub xot deul woul dangl xangb,

刚棍扛虫尼否林。

Gangd ghunb gangd nzhongb nis woul linl.

祖师宗师是他放，林豆林且放他来。
原始林豆的行上，古始林且他一坛。
祭宗祭祖他当行，主持祭仪他为先。

26.
　　喂斗得寿候拢孝，
　　Weid doud del sheud heut lol xot,
　　剖弄告得候拢西。
　　Boul nangd ob del heut lol xib.
　　巴代巴寿苟标报，
　　Bad deab bad sheud geud nbloud bos,
　　灾松八难莎免齐。
　　Zead seid bax nanb sat miant nqib.
　　斗补告补莎吉乔，
　　Doub bul ghob bul shad jid jod,
　　棍缪棍昂照否起。
　　Ghunb mloul ghunb ngeax zhos woul kit.
　　向剖向娘最久叫，
　　Xangb poub xangb niangx zeix jud jos,
　　向内向玛莎单最。
　　Xangb ned xangb mat sat dand zeix.
　　叉苟棍尼拢西孝，
　　Cad geud ghunb niex lol xix xob,
　　出斗出他苟虐你。
　　Chud ndoud chud ntat goud niongl nieb.

　　喂斗得寿帮主祭，剖弄告得主持来。
　　巴代巴寿到家内，灾星八难都免完。
　　寨祖土地也来临，鱼神肉神从他先。
　　祖公祖婆都来齐，祖母祖父齐到边。
　　才把大祖来奉祭，做发发旺在人间。

27.

得寿纵棍安如汝，

Deb sheud zongx ghunb ngand rut rut,

安照虫标禾得善。

Ngand zhot nzhongb nbloud ob dex shanb.

意记松斗窝达吾，

Yib jid songt deul ob dad us,

依打穷炯禾出闪。

Yib deas nqot jongt ob chud shant.

补谷补勇提周葡，

Bub gul bub yongb ndeib zhoux pul,

补谷补飞图岭先。

Bub gul bub fed ndul liox xanb.

禾雄穷梅出阿布，

Ob xongt njongl mel chud ad bud,

禾走抗闹见几产。

Ob zeud kuangb lod jant jid canb.

没昂内奈列兵竹，

Mex ngangx nex hnant lies nblongl zhux,

莎列闹拢充否判。

Shad lies lot lol congd woul pand.

得寿祖坛安好好，安在堂屋后上方。

意记松斗烧烟到，依打穷炯烧烟香。

三十三块神布条，三十三条神绸当。

竹析铜铃在中靠，骨卦神箸收中央。

有时人请出门了，先要来此敬祖堂。

十一、恭贺新春

1.

欧——

Ous—

就果亚挂，

Jiub guob yas guax，

就先亚单。

Jius xianb yab danb.

偷约昂洞，

Tous yob ghab dongx，

单约昂见。

Daib yob ghab jianx.

剖埋打戏几瓦长单吉标，

Boub manx dab xib jis wab changb danb jib boux，

尼总莎腊几吾长送记斗。

Nib zongb shas las jis wub changb songb jid dout.

最剖最娘，

Zuis boub zius niangb，

最内最玛。

Ziub niet zius manx.

最那最苟，

Ziub nas ziub gous，

最崩最欧。

Ziub bengb ziub ous.

你出阿标扛王周柳，

Nib chub as boub gangb wangb zhous loub,

烔出阿纵谷无况桥。

Jiongb chub as zongb gub wub kuangb qiaob.

尼内莎腊几叟，

Nib nieb shab lax jis soub,

尼总莎腊吉研。

Nis zongb shab las jis yuangt.

起腔——

旧年已去，新年已到。

过了年底，到了春节。

我们大家齐齐回到家中，大众也都全部转回家内。

齐公齐婆，齐母齐父。

齐兄齐弟，齐夫齐妻。

聚在一家美美满满，坐在一屋团团圆圆。

是人也都喜欢，是众也都喜庆。

2.

剖埋达戏，

Boub manx dab xib,

麻共麻让，

Mas gongb mas rangb,

麻林麻休。

Mab liongb mab xious.

告拔告浓，

Gaob pas gaob nongt,

告玛告得。

Gaob max gaos des.

告崩告欧，

Gaob bengb gaob ous,

告牙告苟。

Gaos yab gaob gous.

告内告玛,

Gaos nieb gaob max,

告得告嘎。

Gaob des gaob gas.

告秋告兰,

Gaob qiub gaob lanx,

告那告苟。

Gaob nas gaox gous.

打大内蒙,

Dab das nieb mengb,

窝炯背高。

Aos jiongb beib gaos.

打戏莎腊几叟酷目,

Dab xib shab las jis soub kub mux,

剖埋莎腊吉研酷梅。

Boub manx shab las jid nianb kub meit.

几叟达气,

Jis soub dab qux,

吉研达写。

Jis yuanb dab xieb.

我们大家,

老的少的,大的小的。

女人男人,父老儿女。

老公老婆,大姐小妹。

父亲母亲,儿子孙子。

亲戚六眷,朋友兄弟。

岳祖母丈,后辈舅爷。

大家全都喜在眉头,我们全都笑开脸面。

喜在心中,欢开心内。

3.

抱容抱琶，

Baob rongb baos pab，

抱嘎抱糯。

Baos gas baob nub.

内内莎尼昂能几久，

Nieb nieb shab nix ghas nenb jis jiut，

特特莎尼酒服几娘。

Doub doub shas nib jiud fub jis niangt.

服几久潮盐酒共，

Fub jis jius chaob yuanb jius gongb，

能几娘潮共公色。

Nengb jis niangb chaob gongb gongb seb.

奶奶莎尼拢汉欧先，

Niet niet shad nib longb hais oux xianb，

久久莎尼不汉欧西。

Jius jiub shab nib bux hais oub xis.

拢汉欧大，

Longb hais ous dab，

抢汉欧头。

Qiangb hais oub toux.

拢汉欧岭，

Longb haos oub liongb，

抢汉欧穷。

Qiangb hais oud qiongb.

图汉靠缪靠公，

Tub hais kaob mioux kaob gongb，

抢汉靠打靠报。

Qiangb hais kaob dab kaob baox.

汝汉排子，

Rub hais paib zis，

配汉排羊。

Peib hais paib yangx.

几篓头板汝牙汝洋，

Jis lous toub banx rub yas rub yangb,

吉追头汝排子排那。

Jis ziub toub rub paib zis paib nab.

几吼炮头，

Jis houb paob tous,

吉话炮抗。

Jis huab paob kangb.

打豆莎腊几竹，

Das doub shab lax jis zhub,

打便莎腊记话。

Dab bias shad las jib huas.

想迷尼汉窝内几叟，

Xiangb mib nib hais aos nieb jis sout,

莎腊尼汉窝虐吉研。

Shab las nib haib aos niub jis niux.

剖埋头板汝见，

Boub manx tous bans rub jians,

大戏头板汝就。

Dab xis tous bans rub jius.

鱼丰肉盛，打粑打糯。

天天也是肉吃不了，餐餐也都酒喝不完。

喝不了存谷存酒，吃不了存米存饭。

个个都是穿着新衣，人人都是披着新装。

穿着棉袄，披着长袍。

穿着绿衣，披着红装。

戴那银圈金环，戴那金戒玉镯。

多好的架子，优美的身段。

前头真美真好的面子，后头真好真美的架子。

燃放烟花，放那礼炮。

大地也都震抖，天上也都震动。

真的是个欢天喜地的日子，实在是个普天同庆的佳节。

我们春节美满，大家新年快乐。

4.

欧——

Ous—

剖埋达王党浪炯苟快天，

Boub manx dab wangx dangb langb jiongb gous kuaix fub,

达王汝乖汝度到他。

Das wangb rub ghueb rub dub daob tat.

炯剖达起出话出求，

Jiongb boub dab qut chub huas chub qius,

侯剖达起出见能到。

Hous boub dab qux chub jians nenb daob.

剖你号拢红成大戏，

Boub nib haos longb hongb chengb dab xib,

斗炯号拢盐法比告。

Doub jiongb haob longb yuanb huax bib gaos.

挂约昂见，

Guab yos ghab jianx,

单约就先。

Danb yob jius xianb.

剖埋打戏，

Boub manx dax xit,

尼内尼纵，

Nis nieb nieb zongs,

尼纵尼忙。

Nis zongb nib mangb.

尼拔尼浓，

Nib pab nis niongb,

尼让尼共。

Nis rangb nib gongb.

比就你茶，

Bib jius nib chab,

便就炯汝。

Bias jiub jiongb rux.

比就你茶到汝先头，

Bis jiub nib chas daob rub xianb toub，

便就炯汝到头木汝。

Bias jiub jiongb rub daox toub mub rub.

拔你拔到汝久弟然，

Pab nis pab daox rub jius dib rab，

浓炯浓到汝得茶他。

Niongb jiongb niongb daox rub des chas tab.

你到果比，

Nib daob guob bis，

炯到穷先。

Jiongb daos qiongb xians.

你娘阿产欧谷郎豆，

Nis niangb as chanb oub gub liangb doub，

炯挂阿吧补谷养就。

Jiongb guas as bab bub gub yangx jius.

你气葡剖葡娘，

Nis qub pub boub pub niangb，

炯气葡内葡玛。

Jiongb qub pub nieb pub mab.

你气禾柔斗补，

Nis qub shub roub doub bub，

炯气禾图然冬。

Jiongb qub kub tub rab dongb.

你气冬林夯公，

Nis qub dongb liongb hangx gongt，

炯气绒善夯踏。

Jiongb qub rongb shuanb huangb tas.

全色尼内冬豆，

Qianb seb nib nieb dongb doub，

几最莎到先头。

Jis ziub shab daob xianb tous.

奉承尼纵冬腊，

Fongb chengb nib zongb dongb las,
几最莎到木汝。
Jis ziub shab daob mub rub.

起腔——
我们搭帮好官领导才快活，才帮清官明府才幸福。
带领我们做发做旺，帮助我们发家致富。
我们在此奉承大家，借此机会祝福大众。
过了春节，到了新岁。
我们大家，所有人群，所有大众。
是男是女，是老是少。
年头清吉，年尾平安。
年头清吉居得福气，年尾平安坐得长命。
女人得到健康平安，男人得到健壮幸福。
活得白发，坐得唇红。
坐得一千二百余年，活过一百二十余岁。
居来光宗耀祖，坐来荣母耀父。
居如古老大岩，坐如古老大树。
居如大川大坝，坐如高山大地。
祝愿天下人们，完全皆得长寿。
祝福世间人众，完全皆得洪福。

5.

欧——
Ous——
剖你号拢红成大戏，
Boub nib haos longb hongb chengb das xib,
斗炯号拢盐法比告。
Doub jiongb haob longb yuanb huas bib gaox.
挂约昂见，
Guab yob ghab jianb,
单约就先。
Daib yos jiub xians.

剖埋打戏，

Boub manx dab xis,

尼内尼纵，

Nib nieb nib zongs,

尼纵尼忙。

Nib zongb nib mangb.

尼拔尼浓，

Nib pas nib niongb,

尼让尼共。

Nib rangb nib gongb.

打气想出腊见，

Dab qub xiangb chub las jiant,

达写想岔腊到。

Dab xieb xiangb chas las daot.

汝恩汝格，

Rub ghenb rub gheis,

汝见汝嘎。

Rub jianb rub gab.

汝恩汝格白标白斗，

Rub ghenb rub gheis bais boud bais dout,

汝见汝嘎白纵白秋。

Rub jianb rub gas bais zongb bais qiut.

秋岁麻汝禾召，

Qius siub mab rub shub zhaos,

秋萨麻汝禾雷。

Qius shab mab rub shub lieb.

向头向奶，

Xiangb tous xiangb niet,

向牙向羊。

Xiangb yas xiangb yangb.

崩冬崩量，

Bengb dongs bengb liangb,

兄卡列先。

Xiongb kas kieb xians.

见拢几苗补公比吹报标，

Jianb longb jis miaos bub gongb bix cuis baos bout,

嘎拢吉麻补公比吹便然报竹。

Gas longb jib max bub gongb bib cuis bias ras baob zhus.

见拢拿尼见空，

Jianb longb nas nix jianb kongt,

嘎拢拿尼嘎岭。

Gas longb nab nix gas liongb.

苟达送见几初，

Gous dab songb jianb jis chub,

苟炯送嘎吉仰。

Gous jiongb songb gas jib yangb.

全色尼内冬豆，

Qianb seb nib nieb dongb dout,

吉标热恩，

Jib boub roub ghenb,

几最莎到白标。

Jis ziub shab daob bais boux.

奉承尼纵冬腊，

Fongb chengb nib zongb dongb las,

嘎格几竹，

Gas gheib jis zub,

几最莎到白斗。

Jis ziub shab daob bais doub.

起腔——
我们在此奉承大家，借此机会祝福大众。
过了春节，到了新岁。
我们大家，所有人群，所有大众。
是男是女，是老是少。
心中所谋如意，理想追求如愿。
好金好银，好钱好财。

好金好银满仓满库，好钱好财满家满户。

首饰美好大块，银饰美好大套。

长的短的，美的华的。

发光发亮，珍贵弥足。

白财涌来三路四道进家，大宝涌来三路四道五方进门。

财来也是白财，宝来也是富价。

左路大钱来加，右道横财来添。

祝愿天下人们，家中银仓，完全皆得装满。

祝福世间人众，户内金库，完全皆得装登。

6.

欧——

Ous—

列拢红成阿高麻休，

Lieb longb hongb chengb as gaob max xioub,

剖拢盐法阿茶麻让。

Boub longb yuanb huas as chab mab rangb.

挂约昂见，

Guas yob ghab jianb,

单约就先。

Danb yos jiub xianb.

读头到差，

Dub tous daos chas,

读抗到然。

Dub kangb daos rax.

到头麻冬，

Daob tous mab dongb,

到抗麻汝。

Daob kangb mab rub.

汝汝沙头，

Rub rub shab toub,

内内求弄。

Nieb nieb qius nongb.

得矮求单得虫，

Des anb qiub danb des congb,

得虫求送得林。

Des congb qiub songb des liongb.

赶考你内苟前，

Ganb kaos nib nieb gous qianx,

到然你内吉弄。

Daob rab nib niet jis nongb.

考到麻善，

Kaob daox mab shuanb,

出到麻汝。

Chub daos max rub.

出乖出度，

Chub gueib chus dux,

出话出求。

Chus huas chub qius.

起腔——

要来奉承那些小孩，要来祝福那些学童。

过了春节，到了新岁。

读书得大智慧，学习得高知识。

智慧得大，知识得高。

努力学习，天天上进。

小学得升中学，中学得升大学。

考试在人之前，成绩居众之上。

考试得优，岗位得就。

得富得贵，得发得旺。

7.

欧——

Ous—

列拢红成阿高得葵，

Lieb longb hongb chengb as gaox des chanb,

剖拢盐法阿茶得翠。

Boub longb yuanb huas as chanb des chuib.

挂约昂见，

Guas yob ghas jainb,

单约就先。

Danb yos jiub xianb.

得拔到汝窝得让服，

Des pab daox rub aos des rangb fub,

得义到汝窝秋让能。

Des yib daob rub aos qiub rangb nengb.

打起想单猛出莎见，

Dab qib xiangb danb mengb chub shas jianx,

达写想送猛岔莎到。

Dab xieb xiangb songb mengb chas seid daot.

阿闹会求闹闹谷闹，

As naob huix qiub naos niaod gub naob,

阿冬会求冬冬谷冬。

As dongb huis qiub dongb dongb guob dongx.

内内腊岔猛见，

Nieb nieb las chas mengb jianx,

虐虐腊到猛嘎。

Niet niet las daox mengb gas.

窝拔岔秋腊到汝秋，

Aos pas chab qiud las daob rub qiut,

窝浓出兰腊见汝兰。

Aos niongb chub lanb las jianx rub lans.

汝拔汝浓，

Rub pas rub niongb,

汝崩汝欧。

Rub bengb rub ous.

几酷吉汝，

Jis kub jib rub,

几沙吉龙。

Jis shab jib longs.
出话出求，
Chus huas chus qiub，
出楼出归。
Chus loud chus gius.

起腔——
要来奉承那些姑娘，要来祝福那些小伙。
过了春节，到了新岁。
女人得好单位工作，男人得好岗位就业。
心中想的事业就好，意中所谋盘算就成。
一次高升次次高升，一步高就步步高就。
大钱满抓满手，大财满仓满库。
女人得到意中男子，男子得到心中女人。
郎才女貌，恩爱夫妻。
互敬互爱，互尊互重。
发达兴旺，子添孙发。

8.

欧——
Ous—
剖你号拢红成大戏，
Boub nib haos longb hongb chengb das xis，
斗炯号拢盐法比告。
Doub jiongb haos longb yuanb huas bix gaos.
挂约昂见，
Guab yos ghab jianb，
单约就先。
Danb yos jiub xianb.
剖埋打戏，
Boub manx dax xis，
尼内尼纵，
Nieb niet nib zongs，

尼纵尼忙。

Nis zongb nis mangb.

尼拔尼浓，

Nis pas nib niongb,

尼让尼共。

Nis rangb nib gongb.

出话出求，

Chub huas chub qius,

出笔出包。

Chus bib chub baos.

同陇发拢白走白仁，

Tongb longb fas longb baix zous bais renb,

同图发拢白夯白共。

Tongb tus fas longb bais hangx bais gongb.

你拢白加白竹，

Nis longb bais jias baib zus,

炯拢白苟白让。

Jiongb longb bais gous bais rangb.

笔拿打声，

Bis nas das shongb,

包拿打缪。

Baos nab das mioux.

首狗腊林，

Shoub gout las liongb,

首他腊章。

Soub tas las zhangb.

首业白中白吹，

Shoub yeb bais zhongb bais cuis,

首油白忙白祥。

Soub yous baib mangx bais xiangt.

吾见腊拢，

Wub jianb las longb,

吾嘎腊到。

Wub gas las daox.

出乖出岭，

Chus gueb chus liongb，

出楼出归。

Chus loub chus goux.

出见出到，

Chus jianb chus daob，

出斗出他。

Chus doub chus tas.

茶他猛久，

Chas tas mengb jius，

弟然猛半。

Dis rab mengb bais.

红成达细，

Hongb chengb das xib，

你茶炯汝。

Nis chas jiongb rub.

盐发达细，

Yuanb fas dab xis，

发财求谢！

Fas chanb qius xieb！

打戏汝见！

Das xib rub jians！

起腔——

我们在此奉承大家，借此机会祝福大众。

过了春节，到了新岁。

我们大家，所有人群，所有大众。

是男是女，是老是少。

大发大旺，大兴大盛。

如竹发来满山满岭，似木发来满地满坪。

居来满村满地，坐来满坪满寨。

发如群虾，多似群鱼。

养狗也大，养猪也肥。

水牯满栏满圈，黄牛满帮满群。

大钱广得，横财广进。

大富大贵，大繁大荣。

大成大就，大通大顺。

平安健康，大吉大利。

奉承大家，清吉平安。

祝福大家，发财兴旺！

十二、祝福吉言

1.

阿标林休列周先，

Ad bloud liox xub lies zhot xand,

阿竹共让周先林。

Ad bloud ghot rangt zhot xand liob.

虐内龙锐吉炯碗，

Niongs hneb nongx reib jid jos wanl,

你茶炯汝闹几朋。

Nieb nceab jongt rut lob jid bongd.

得拨得浓毕出连，

Deb npad deb nit bix chud lianx,

吉话几竹同抱拢。

Jid fat jid zhuxn dongl beux nhol.

你气斗补斗冬见，

nieb nqib doud bul doud deib janx,

葡剖葡娘气阿充。

Nbut poub nbut niangx qit ad congt.

一家大小留福多，一门老少留福清。

夏日吃菜共一锅，清吉平安闹成成。

女儿男子养成坨，震动家门如鼓声。

寿比土地大岩坐，光宗耀祖坐凡尘。

2.

见恩吉标苟大照，

Janx ngongx jant bloud geud deab zhot，

嘎格吉竹周照拢。

Janx nggeb jid zhux zhol zhot nend.

见拢几苗苟标报，

Janx lol jid mlangx geud bloud bos，

嘎闹吉竹久阿充。

Nghat lol jib zhux jub ad congt.

嘎报吉标几洋竹，

Nhgat bos jid bloud jid yangx zhux，

见拢拿尼见空到。

Janx lol nax nis janx kongb dot.

嘎拢嘎岭拢白纵，

Nghat lol nghat liot lol bed zongx，

盐嘎盐尖盐长闹。

Yanx nghat yanx janx yanx zhangl lot.

银钱家中用箱装，金钱家内留在此。

钱来拥挤到家堂，财进家门多多有。

钱来也是白财上，财来财富装满楼。

3.

拢尼忙油腊周扛，

Lod niex mangl yul lal zhol gangs，

龙狗忙爬列周拢。

Lod ghuoud mangl nbeat lies zhol lol.

尼包见如出阿忙，

Niex beul janx rux chul ad mangl，

油包吉竹白中猛。

Yul beut jid zhux bed zhongx mongl.

几没扛锐否拿状，

Jid mex gangs reib woul nax zhangs，

几没扛列否拿林。

Jid mex gangs liet woul nax liox.

首爬拿林狗拿章，

Soud nbeat nax liox ghoud nax zhangl,

汝尖汝嘎岭白冬。

Rut janx rut nghat liot bed deib.

水牯牛群要留上，狗群猪群要留来。

水牛成堆做一帮，黄牛挤卧装满栏。

没喂草料自肥胖，不喂饲养自长全。

养猪也大狗也长，好钱好财富登天。

4.

周先归楼龙归弄，

Zho xand ghunb noux nhangs ghunb nongt,

归录归炸周浪没。

Gueib nul gueib zeat zhot nangd mex.

照猛打豆单汝红，

Zhot mongl dab doub dand rut hent,

明汝忙忙苟茶白。

Mlens rut mangl mangl goud nzat bed.

那乙休长几洋虫，

Hlat yil xoud nzhangd jid yangl nzongx,

照白禾土白禾热。

Zhot bed ob tud bed ob rel.

良西良米岭中中，

Liangl xid liangl mit liot nzhongt nzhongt,

岭约内玛亚单得。

Liot yol ned mat yal dand deb.

留福谷神和米神，糯谷黏谷留得好。

播下土中长茂盛，青绿悠悠长得高。

八月秋收好收成，装满木桶仓库了。
粮食粮米富足剩，母父儿孙都富豪。

5.

公周公节拿周扛，
Gib zhoux gib jel nax zhot gangs,
公苏公然莎拿周。
Gib shud gib reas shad nax zhot.
得公得拔首出忙，
Deb gib deb npad soud chud mangl,
求处出柔袍周周。
Njout chut chud roul nbot nzhoub nzhoub.
报晚油见松出邦，
Bos wanl yul janx sod chud bangt,
呕周呕汝到出抽。
Eud zhoux eud rut dot chud coud.
秋岁秋萨头禾烫，
Qoud seib qoud sad ndoud ob tangb,
见照禾大莎白标。
Jant zhot ob deab sat bed bloud.

蚕丝蚕虫送姑娘，蚕子蚕娘都全留。
蚕虫蚕娘养成帮，上树结茧密密收。
下锅热水抽线长，绸衣绸布都得有。
绫罗绸缎布匹长，收在衣箱满柜头。

6.

苟得公同腊周扛，
Geud deb gib ndangl nax zhot gangs,
周你邦桶出阿柔。
Zhol nieb bangd tongt chud ob roul.
内西猛刚崩禾邦，
Hned xib mongl gangd bongd ob bangt,

见内穷白几良偷。

Janx nex nqongd nbet jid liangl toub.

苟晚拢油容邦强，

Geud wanl lol yux yix bangd njangd,

白矮白纵几洋否。

Bed ngangx bed zongb jid yangx woul.

蜂蚕蜂糖也都留，留在蜂桶里面装。

白天飞出采糖汁，好似冬天雪花扬。

大锅来熬蜜糖收，大盆大桶满满装。

7.

炯先阿半麻休，

Zhoub xiand ad band mab xut,

良木阿高麻让。

Lial mub ad gaod mab rangx.

能锐章久，

Nongb ruit zhuangb jiut,

能列章得。

Nongb liex zhuangb deib.

上林上章，

Shangx liuongb shangb zhuangb,

上炯上壮。

Shangb zhoub shangb zhuangx.

长久林林，

Changb jiud liuongb liuongb,

长得如汝。

Changb deib rub rux.

昂内几没嘎休然得，

Angb neit jid meib giad xut rabb deib,

昂弄几没嘎先然木。

Angb nongx jid meib giad xiand ranb mub.

奉承那些小儿，祈福那些幼崽。

吃菜育身，吃饭长体。

快大快长，快健快壮。

身长大大，体健好好。

热天没有瘟疫时气，冷天没有灾星祸害。

8.

读头到茶，

Dub teb daox cat,

读抗到然。

Dub kangx daox rab.

到头麻冬，

Daox teb mab dongt,

到抗麻汝。

Daox kangx mab rux.

汝汝沙头，

Rux rux shat teb,

内内求弄。

Neit neit qiux niongx.

到茶你内苟篓，

Daox cat nib neib goud noub,

到然你内吉弄。

Daox rab nib neib jib niongx.

考到麻善，

Kaod daox mab shait,

出到麻汝。

Chud daox mab rux.

出乖出度，

Chud gweit chud dux,

出话出求。

Chud huat chud qiux.

读书得大智慧，学习得高知识。

智慧得大，知识得高。

日日学习，天天上进。

智商在人之前，智慧居众之上。

考试得优，事业得就。

得富得贵，得发得旺。

9.

炯先见空见岭，

Zhoub xiand jianb kongt jianb liuongb,

良木见乖见汝。

Lial mub jianb gweit jianb rux.

苟达到汝见空，

Goud dab daox rux jianb kongt,

苟炯到汝嘎岭

Goud jiongx daox rux giad liuongb

苟篓到汝见乖，

Goud noub daox rux jianb gweit,

苟追到久见汝。

Goud zhuix daox jub jianb rux.

空豆兵竹，

Kongt dout biongb Jongb,

到见长标。

Daox jianb changb bioud.

几忙猛岔拿走，

Jib mangb mengb chax nab zoub,

久想猛嘎拿到。

Jiux xiangx mengb giax nab daox.

从猛岔见，

Congb mengb chax jianb,

长忙到嘎。

Changb mangx daox giax.

奉承白财横财，祈福旺财洪财。
东边得好白财，西边得好富财。
前方得好旺财，后方得多横财。
空手出门，抱财归家。
不预去找也得，不想去求也获。
早出求财，夜归满载。

10.

到见白豆白斗，
Daox jiab beid dout beid deb,
到嘎白休白虫。
Daox giax beid xut beid chongb.
见拢几炯见苟，
Jianb liongb jid jiongx jianb goud,
嘎拢吉麻见公。
Giax liongb jib mab jianb gongx.
打气想出腊见，
Dat qit xiangd chub las jianb,
达写想岔腊到。
Dab xied xiangd chax las daox.
汝恩汝格，
Rux engb rux gieb,
汝见汝嘎。
Rux jianb rux giax.
汝恩汝格白标白斗，
Rux engb rux gieb beid bioud beid deb,
汝见汝嘎白纵白秋。
Rux jianb rux giax beid zongb beid qiud.

得钱满手满拿，得财满装满袋。
钱来涌入成路，财来涌进成道。
心中所谋如意，理想追求如愿。
好金好银，好钱好财。
好金好银满仓满库，好钱好财满家满户。

11.

秋岁麻汝禾召，

Qiud suit mab rux aot zhaob,

秋萨麻汝禾雷。

Qiud sad mab rux aot leib.

向头向奶，

Xiangx toub xiangx leid,

向牙向羊。

Xiangx yab xiangx yangb.

崩冬崩量，

Bengb dongt bengb liax,

兄卡列先。

Xiongt kax lieb xiand.

见拢几苗补公比吹报标，

Jianb liongb jid mueb but gongt bit chuid baob bioud,

嘎拢吉麻补公比吹便然报竹。

Giax liongb jib miab but gongt bit chuid biat rab baob jongb.

见拢拿尼见空，

Jianb liongb nab nib jianb kongt,

嘎拢拿尼嘎岭。

Giax liongb nab nib giad liuongx.

苟达送见几初，

Gout dab songx jianb jit chut,

苟炯送嘎吉仰。

Gout jiongx songx giax jib yangb.

齐夫阿标林休，

Qid fut ad bioud liuongb xut,

吉标热恩几最莎到白标。

Jib bioud reb engb jid zuib sax daox beid bioud.

吉卡阿竹共让，

Jib kax ad jongb gongx rangx,

嘎格几竹几最莎到白斗。

Giad gieb jid Jongb jid zuib sax daox beid deb.

首饰美好大块，银饰美好大套。

长的短的，美的华的。

发光发亮，珍贵弥足。

白财涌来三路四道进家，大宝涌来三路四道五方进门。

财来也是白财，宝来也是富价。

左路大钱来加，右道横财来添。

奉承一家大小，家中银仓完全皆得装满。

祝福一屋老少，户内金库完全皆得装登。

12.

炯先阿高麻抓，

Zhoub xiand ad gaod mab zhuab,

良木阿半麻让。

Lial mub ad banb mab rangx.

得拔到汝窝得让服，

Deib bab daox rux aot deib rangb fud,

得义到汝窝秋让能。

Deib niongx daox rux aot qiud rangb nongb.

想嘎腊单，

Xiangb giax las dand,

想单腊见。

Xiangd dand las jianb.

打起想单猛出莎见，

Dax qix xiangd dand mengb chub sax jianb,

达写想送猛岔莎到。

Dab xied xiangd songx mengb chax sax daox.

阿闹会求闹闹会求得善，

Ab liaot huix qiux liaot liaot huix qiux deib shait,

阿冬会求冬冬会求得汝。

Ab dongt huix qiux dongt dongt huix qiux deib rux.

内内腊岔猛见，

Neit neit las chax mengb jianb,

虐虐腊到猛嘎。

Niub niub las daox mengb giax.

到见白豆白斗，

Daox jianb beid dout beid deb,

到嘎白休白虫。

Daox giax beid xiut beib chongb.

奉承那些年青，祈福那些年壮。

女人得好地方找喝，男人得好地处找吃。

谋事如意，心想事成。

心中想的事业就好，意中所谋盘算就成。

一脚高升脚脚高升，一步高就步步高就。

天天也得大钱，日日也进大财。

大钱满抓满手，大财满仓满库。

13.

窝拔岔秋腊到汝秋，

Aod bab chax qiud las daox rux qiud,

窝浓出兰腊见汝兰。

Aob niongx chud lanb las jianb rux lanb.

汝拔汝浓，

Rux bab rux niongx,

汝崩汝欧。

Rux bengd rux oud.

几酷吉汝，

Jid kux jib rux,

几沙吉龙。

Jib shax jib longb.

出话出求，

Chud huat chud qiux,

出楼出归。

Chud loub chud guib.

出笔出包，

Chud bib chud baob,

出乖出岭。

Chud gweit chud liuongx.

同陇发拢白走白仁,

Tongb liongl fat liongb beid zoub beid rongb,

同图发拢白夯白共。

Tongb tux fat liongb beid hangb beid gongx.

你拢白加白竹,

Nit liongb beid jiad beid Jongb,

炯拢白苟白让。

Jiongx liongb beid geb beid rangb.

笔拿打声,

Bib nab dat shongt,

包拿打缪。

Baob nab dab mioub.

女人得到意中男子,男子得到心中女人。

郎才女貌,恩爱夫妻。

互敬互爱,互尊互重。

发达兴旺,子添孙发。

大发大旺,大兴大盛。

如竹发来满山满岭,似木发来满地满坪。

居来满村满地,坐来满坪满寨。

发如群虾,多似群鱼。

14.

炯先麻服麻能,

Zhoub xiand mab fud mab nongb,

良木麻江麻照。

Lial mub mab jiangb mab zhaox.

几得苟散纠龙路剖,

Jid deib goud sant jiub longb lux bet,

吉秋苟茶谷江路先。

Jib qiux goud chab gub jiangb lux xiand.

那阿麻剖麻熟，

Bab ad mab bet mab shud，

那欧麻刨麻内。

Nab out mab pet mab neit.

几哨嘎豆见西见莎，

Jid saot giad dout jianb xid jianb sax，

吉当腊板见格见昂。

Jib dangx las band jianb gied jianb angx.

那补麻标麻照，

Nab but mab biout mab zhaox，

那比麻者麻江。

Nab bit mab zheb mab jiangb.

奉承喝的吃的，祝福栽的种的。

在那山野九块地头，在那山坡十丘田内。

正月挖土犁田，二月铲土耕地。

松那土块成末成粉，练那田水成泊成湖。

三月抛谷下种，四月扯秧栽插。

15.

标猛打豆猛单产谷产够，

Biout mengb dat dout mengb dand chant guob chant gout，

照猛浪路猛单吧谷吧竹。

Zhaox mengb liangb lux mengb dand bax gub bax jongb.

者秧白干白见，

Zhet yangt beid ganb beid jianb，

江秧白夯白共。

Jiangb yangt beid hangb beid gongx.

那便麻哈，

Nab biat mab hat，

那照麻同。

Nab zhaox mab tongx.

哈猛板苟板绒，

Hat mengb banb geb banb rongb,

同猛板夯板共。

Tongx mengb banb hangb banb gongt.

包柔敏良儒拢，

Bed roud miongt liangb rud liongl,

腊楼从良儒图。

Las noub congx liangb rut tux.

敏从才才够苟，

Miongt congt caib caib goub geb,

明汝让让够绒。

Miongb rux rangb rangb goub rongb.

播去土中生出千株千丛，种子下地长出百株百对。

扯秧满田满丘，插秧满坪满坝。

五月中耕，六月除草。

中耕遍山遍岭，除草遍坪遍坝。

苞谷绿似竹园，稻禾密如森林。

绿色悠悠遍山，青色油油遍野。

16.

那阿起剖，

Nab ad qid pet,

那欧起熟。

Nab out qid shud.

那补起秧，

Nab but jiangb yangt,

那比起照。

Nab bit qid zhaox.

那便起哈，

Nab biat qid hat,

那照起同。

Nab zhaox qid tongx.

那炯先单，

Nab jiongb xiand dand,

那乙先送。

Nab yib xiand songx.

汝搂几良，

Rux noub jid liab,

汝弄几斗。

Rux niongx jib doub.

几滚吉昂板苟板绒，

Jib gunb jib angb banb geb banb rongb,

几召几穷板夯板共。

Jib zhaob jib qiongx banb hangb banb gongx.

正月开挖，二月开耕。

三月下秧，四月下种。

五月中耕，六月除草。

七月熟瞀，八月熟透。

粮食丰产，谷米丰收。

金黄色的稻穗遍野，熟透了的秋粮遍山。

17.

抱楼长苟，

Beb noub changb goud,

修弄长公。

Xiut niongx changb gongt.

奶楼汝见奶沙，

Leit noub rux jianb leit shad,

奶弄汝加奶白。

Leit niongx rux jiab leit beid.

修拢白标白斗，

Xiut liongb beid bioud beid deb,

板拢白纵白秋。

Band liongb beid zongx beid qiud.

列且扛齐，

Lieb quet gangb qit,
列受扛扛。
Lieb shoud gangb gangx.
照白热楼热弄，
Zhaox beid reib noub reib niongx,
休白热录热炸。
Xiut beid reib lub reib zax.
头久几良，
Toub jiut jid liab,
头令几斗。
Toub liongx jib doub.
产豆腊服几久，
Chant dout las fud jid jub,
吧就腊能几娘。
Bax jiux las nongb jid niangb.

打谷回家，收米回屋。
谷粒如那冰颗，米粒似那雪白。
收得满家满屋，摆来满屋满宅。
要车送净，要晒送干。
装满谷仓米仓，装满糯库黏库。
粮食丰产，富裕丰足。
千年也喝不尽，百载也吃不完。

18.

炯先打书达收，
Zhoub xiand dat shut dab shoud,
良木麻首麻卡。
Lial mub mab shoud mab kax.
首狗腊林，
Shoud guoud lb liuongb,
首爬腊章。
Shoud pax las zhuangb.

首尼腊林，

Shoud nieb las liuongb,

首油腊壮。

Shoud yub las zhuangx.

首嘎见邦，

Shoud giat jianb bangt,

首录见强。

Shoud lub jianb jiangx.

首业白中白吹，

Shoud nieb beid zhongb beid chuid,

首油白忙白祥。

Shoud yub beid mangb beid yangb.

奉承家中六畜，祈福家内养牲。

养狗也大，养猪也肥。

水牯也大，黄牛也肥。

养鸡成帮，养鸭成群。

水牯满栏满圈，黄牛满帮满群。

19.

吾见腊拢，

Wut jianb las liongb,

吾嘎腊到。

Wut giat las daox.

出乖出岭，

Chud gweit chud liuongx,

出楼出归。

Chud noub chud guib.

出见出到，

Chud jianb chud daox,

出斗出他。

Chud dout chud tax.

茶他猛久，

Chab tax mengb jub,

弟然猛半。

Dix rab mengb banb.

炯先阿标林休,

Zhoub xiand ad bioud liuongb xut,

你茶炯汝。

Nib chax jiongx rux.

良木阿竹共让,

Lial mub ad jongb gongx rangx,

发财求谢!

Fab caib qiux xiex!

大钱广得,横财广进。

大富大贵,大繁大荣。

大成大就,大通大顺。

平安健康,大吉大利!

奉承一家大小,清吉平安。

祈福一屋老幼,发财兴旺!

20.

炯先麻陇麻放,

Zhoub xiand mab liongl mab fangx,

良木商提炮斗。

Lial mub shangt tib paox dex.

首汉得公得牙,

Shoud hanx deit gongt deit yab,

汝汉公炯公松。

Rux hanx zhoub gongt zhoub songd.

首你猛温猛笑,

Shoud nit mengb wengt mengb xiaox,

包照猛纵猛秋。

Baot zhaob mengb zongx mengb qiud.

能锐林久,

Nongb ruit liuongb jub,

能录章得。

Nongb lub zhuangb deib.

果通果明,

Guet tongt guet miongb,

果配果汝。

Guet peit guet rux.

就标白豆白内,

Jiub bioud beid dout beid neib,

标公白图白拢。

Bioud gongb beid tux beid liongb.

汝公汝松,

Rux gongt rux songd,

汝提汝豆。

Rux tib rux deb.

提单照白猛打猛贵,

Tib dand zhaox beid mengb dab mengb guix,

提明照白猛突猛痛。

Tib miongt zhaox beid mengb tub mengb tongx.

昂内腊拢几久欧明欧炯,

Angb neit las liongb jid jub out miongt out zhoub,

昂弄腊拢几娘迷花几录。

Angb niongx las liongb jid niangb mib huat jid lub.

奉承穿的披的,祝福丝绸布匹。

养好蚕丝蚕虫,养好丝绸蚕儿。

养在大筛大簸,卧满大床大铺。

吃桑长身,吃叶壮体。

又白又胖,又大又好。

结茧满天满地,结颗满枝满丫。

好蚕好丝,好绸好缎。

绫罗装满大箱大柜,绸缎装满大仓大库。

夏天穿不了绫罗绸缎,冬天穿不完棉衣棉套。

21.

炯先阿标林休，

Jongb xiand ad bioud liuongb xut，

比就你茶，

Bit jiux nit cat，

便就炯汝。

Biat jiux jiongx rux.

比就你茶到汝先头，

Bit jiux nit cat daox rux xiand toub，

便就炯汝到头木汝。

Biat jiux jiongx rux daox toub mub rux.

虐内龙锐阿晚。

Nub neib longb ruit ab wanb，

几扛奶冬奶良，

Jid gangb leit dongt leit liangb，

虐弄龙列阿借。

Nub nongd longb lieb ab jiex，

几扛奶差奶抱。

Jid gangb leit chat leit baox.

奉承一家大小，

年头清吉，年尾平安。

年头清吉居得生气，年尾平安坐得长命。

热天吃菜一锅，不许有病有疾。

冷天吃饭一甑，不许有病有患。

22.

得拔汝见然拿然为，

Deit bab rux jianb rad nab rad weib，

得浓汝加然达然这。

Deib niongx rux jiad rab dab rab zhex.

抄昂列扛够苟，

Chat angb lieb gangb goud geb，

将狗列扛够绒。

Jiangx guoud lieb gangb goud rongb.

你拢几扛斩莎斗标，

Nit liongb jid gangb zait sad doub bioud，

炯拢几扛斩肥柔纵。

Jiongx liongb jid gangb zait feib rout zongb.

你拢几吼吉标汝见声陇，

Nit liongb jib houb jib bioud rux jianb shongt longl，

炯拢吉话几竹汝加陇朋。

Jiongx liongb jib huax jid zhub rux jiad longl bengx

女儿多如塘内莲藕，男儿多似柜内的碗堆。

撑肉要送登坡，放狗要送登岭。

居来不送冷屋冷房，坐来不送冷房冷宅。

居来热闹家中如同鼓响，坐来响动宅内好似鼓鸣。

23.

炯先阿标林休，

Jiongx xiand ad bioud liuongb xut，

你气葡剖葡娘，

Nit qix pux boub pub niangb，

炯气葡内葡玛。

Jiongx qix pux neib pub max.

你气禾柔斗补，

Nit qix aot roub doub bub，

炯气禾图然冬。

Jiongx qix aot tub rad dongt.

你气冬林夯公，

Nit qix dongt liuongb hangb gongt，

炯气绒善夯踏。

Jiongx qix rongb shait hangb tax.

炯先阿标林休，

Jongb xiand ad bioud liuongb xut，

几最莎到先头。

Jid zuib sad daox xiand toub.

良木阿竹共让，

Liangb mux ad zhub gongx rangx,

几最莎到木汝。

Jid zuix sad daox mub rux.

奉承一家大小，

居来光宗耀祖，坐来荣母耀父。

居如古老大岩，坐如古老大树。

居如大川大坝，坐如高山大地。

保得一家大小，完全皆得长寿。

佑得一屋老幼，完全皆得洪福。

24.

炯先炯汉先头，

Jongb xiand jongb hanx xiand toub,

炯木炯汉木汝。

Jongb mub Jongb hanx mub rux.

炯先产豆，

Jongb xiand chant dout,

先头你猛产豆。

Xiand toub nit mengb chant dout.

炯木吧就，

Jongd mub bad jiux,

木汝炯猛吧就。

Mux rux jiongx mengb bax jiux.

久抓久头，

Jub zhuab jiub toub,

久稍久热。

Jub xiaod jub reb.

长命居得千年，洪福坐过百岁。

奉承千年，长气居过千年。
祝福百岁，洪福坐过百岁。
不落不脱，不松不掉。

25.

烔先见恩吉标，
Jongb xiand jianb engb jib bioud,
良木嘎格几竹。
Liab mub giad gied jid zhub.
汝恩汝格，
Rux engb rux gieb,
汝见汝嘎。
Rux jianb rux giax.
汝恩汝格白矮白纵，
Rux engb rux gieb beid ait beid zongb,
汝见汝嘎白斗白冲。
Rux jianb rux giax beid doub beid chongx.
秋岁麻汝禾召，
Quid suit mab rux aot zhob,
秋萨麻汝禾雷。
Quid sad mab rux aot leix.

奉承家中银财，祝福屋内金宝。
好金好银，好钱好财。
好金好银满罐满坛，好钱好财满手满得。
首饰大好大块，银饰大好大套。

26.

向头向奶，
Xiangt teb xiangt leix,
向牙向羊。
Xiangt yab xiangt yangb.
崩冬崩量，

Bengd dongt bengd liangb,

兄卡列先。

Xiongd kax lieb xiant.

见拢几苗，

Jianb liongb jid mueb,

补公比吹报标。

But gongt bid chuid baob bioud.

嘎拢吉麻，

Giad liongb jib mab,

补公比吹便然报竹。

But gongt bid chuid biat rad baob zhub.

见拢拿尼见空，

Jianx liongb nab nib jianb kongt,

嘎拢拿尼嘎岭。

Giad liongb nab nib giad liongx.

苟达送见几初，

Goud dab songx jianb jid chud,

苟炯送嘎吉仰。

Goud jiongx songx giax jib yangb.

长的短的，美的华的。

发光发亮，衣丰食足。

白财涌来，三路四道进家。

大宝涌来，三路四道五方进门。

财来也是白财，宝来也是富价。

左路涌钱来加，右道涌财来添。

27.

炯先见恩吉标，

Jongb xiand jianb engb jib bioud,

苟照喳大斗标，

Goud zhaob chab dat doub bioud,

几最莎到先头。

Jid zuix sax daox xiand toub.

良木嘎格几竹，

Liab mub giad gieb jid zhub,

苟照丧偷柔纵，

Goud zhaob sangd toub roub zongx.

一几最莎到木汝。

Yit jid zuix sad daox mub rux.

烔先烔汉先头，

Jongb xiand jongb hanx xiand toub,

烔木烔汉木汝。

Jongb mub jongb hanx mub rux.

先头烔猛产豆，

Xiand toub jongb mengb chant dout,

木汝烔猛吧就。

Mub rux mengb bax jiux.

烔先产豆。

Jongb xiand chant dout.

先头你猛产豆，

Xiand toub nit mengb chant dout,

烔木吧就。

Jongd mub bad jiux.

木汝烔猛吧就。

Mux rux jiongx mengb bax jiux.

久抓久头，

Jub zhuab jiub toub,

久稍久热。

Jub xiaod jub reb.

奉得家中银财，

奉在家中银仓，完全皆得盈满。

祝得户内金宝，

祝在户内金库，完全皆得盈登。

奉承要留长命富贵，祝福要赐齐天洪福。

长命居得千年，洪福坐过百岁。
奉承千年，长气居过千年。
祝福百岁，洪福坐过百岁。
不落不脱，不松不掉。

28.

烔先大书达收，

Jongb xiand dat shut dab shoud,

烔木打首达嘎。

Jiongb mub dab shoud dat giat.

达书达收白重白扣，

Dab shud dat shout beid chongb beid ket,

打首达嘎白忙白强。

Dat shout dat giat beib mangb beid jiangx.

几不吉数，

Jid bub jib sud,

出忙出强。

Chub mangb chub qiangx.

龙尼忙油。

Longb nieb mangb yub.

良木龙狗忙爬。

Liax mub longb guoud mangb pax.

龙力忙梅。

Longb lib mangb meib.

龙容忙麻。

Longb rongb mangb mab.

奉承六畜牛马，祝福养牲群畜。
六畜牛马满栏满殿，养牲群畜满群满帮。
成群结队，成帮成坨。
水牯牛群，狗群猪群。
驴群马群，羊群畜群。

29.

炯先麻服麻能，

Jongb xiand mab fud mab nongb,

良木麻口麻抽。

Lial mub mab koud mab chex.

够就能元能包，

Goub jiux nongb yuanb nongb beb,

便就能疏能仗。

Biat jiux nongb sut nongb zhuangb.

归楼归弄，

Guit noub guit nongx,

良木归录归炸。

Lial mub guit lub guit zax.

归楼服江，

Guit noub fub jiangb,

归弄服迷。

Guit nongx fub mib.

奉承喝的吃的，祝福食的饱的。

年头吃剩吃发，年尾吃饱吃肥。

谷财米财，糯财黏财。

谷财吃甜，米财喝蜜。

30.

当内内苟猛标猛求，

Dangd neib neib ged mengb bioub mengb qiub,

当就内苟猛便猛照。

Dangd jiux neib ged mengb biab mengb zhaob.

标猛打豆，

Bioub mengb dat dout,

猛单产谷产够。

Mengb dand chant guob chant gout.

便猛浪路，

Biab mengb liangb lux,

猛单吧谷吧竹。

Mengb dand bax guob bax zhub.

那便收沙锐哈冬久,

Nab biat shout shat ruit had dongt jub,

那照吉内锐同莎板。

Nab zhaox jib neib ruit tongb sax banb.

开春人拿去播去撒,开年人拿去播去种。

播去土中,去生千苑千丛。

种去土内,去长百株百对。

五月锄禾锄得完好,六月中耕耕得满遍。

31.

补路久斗鲁锐鲁够,

But lux jub doub lux ruit lux gout,

比路久斗鲁猛鲁浓。

Bit lux jub doub lux mengb lux niongx.

敏从才才够苟,

Miongt congb caix caix gout ged,

明汝襄让够绒。

Miongb rux rangx rangx gout rongb.

得忙候散内西猛克汝见帮录,

Deib mangb houx said neib xid mengb kied rux jianb bangx lub,

度忙喂茶告忙猛梦汝加帮染。

Dux mangb weib chab gaob mangb mengb mengx rux jiad bangx ras.

要奶照奶儿初,

Yaox leib zhao leib jid chub,

要旧照旧吉仰。

Yaox jiub zhaob jiub jib yangb.

土中没有异物杂草,地里没有异类杂物。

色青油油满坡,色亮油油遍岭。

主家耕者上午去看如同森林，
田地主人下午去望好似竹园。
缺了要补来加，少了要栽来添。

32.
那炯先单，
Nat jiongb xiand dand,
那乙先送。
Nat yib xiand songx.
奶楼汝见奶沙，
Leit noub rux jianb leit shad,
奶弄汝加奶白。
Leit nongx rux jiad leit beid.
归楼咱半嘎崩，
Guit noux zad band giad bengb,
归弄咱儿嘎洽。
Guit nongx zad jid giad qiax.
咱半寿报半你，
Zad banb shout baob banb nit,
咱儿寿报儿炯。
Zad jid shout baob jit jiongx.
扛内江楼锐锐长苟，
Gangb neib jiangb loub ruit ruit changb goud,
江弄让让长公。
Jiangb nongx rangx rangx changb gongt.

七月熟了，八月熟透。
谷粒壮如冰泡，米粒白似冰雪。
谷财见筐莫惊，米财见篓莫怕。
见筐跑进筐居，见篓跑进篓坐。
送人抬谷急急回转，背米忙忙回程。

33.

江楼拢粗呕奶补奶热杂够豆，

Jiangb loub liongb cud out leit but leit reb zab goub dout,

江楼拢粗呕图补图热板比兵。

Jiangb loub liongb cul out tub but tub reb bnb bid biongb.

打豆他崩他中，

Dat dout tax bengb tax zhongb,

打便他高他太。

Dat biat tax gaod tax teix.

产内腊龙几娘到见，

Chant neib las liongb jid niangb daox jianb,

吧内腊龙几娘到嘎。

Bad neib las liongb jid niangb daox giax.

焖先归楼归弄，

Jongb xiand guit noub guit nongx,

苟照热杂够豆。

Ged zhaob red zab goub dout.

几最莎到先头，

Jid zuib sax daox xiand toub,

良木归录归炸，

Lial mub guit lux guit zax,

苟照热板比兵，

Ged zhaob reb banb bid biongb,

几最莎到木汝。

Jid zuix sad daox mub rux.

抬谷来装两个三个屋前谷仓，

背米来装屋边两重三重米库。

仓底装实装满，仓盖装满装盈。

千人也吃不完存谷，百众也吃不尽存米。

奉得家中谷财，

奉在家中前仓，完全皆得装满。

祝得家内米财，

祝在家内后库，完全皆得装盈。

34.

炯先麻拢麻放，

Jongb xiand mab liongb mab fangx，

良木窝提窝豆。

Lial mub aob tib aob doux.

提炯炮节，

Tib jongb paox jieb，

提尖炮抓。

Tib jiand paox zhuab.

拢没麻元，

Liongb meib mab yuanb，

照没麻养。

Zhaod meib mab yangb.

炯先公炯公节，

Jongb xiand gongt jongb gongt jieb，

炯木公数公然。

Jiongx mub gongt sut gongt rab.

补温果良禾超潮录，

But wengt gueb lial aob chaod zaox lub，

补笑明拿禾超潮弄。

But xiaox miongb nab aob chaob zaox nongx.

奉承穿得暖体，祝福布匹布缎。

绫罗绸缎，绸缎细布。

穿有剩的，戴有余的。

奉承蚕儿蚕虫，祝福蚕丝蚕绸。

三簸白如大颗糯米，三筛亮似大颗米粒。

35.

龙锐见内穷沙，

Longb ruit jianb neib qiongb shad，

龙列加内穷白。

Longb lieb jid neib qiongb beid.

求八猛单，

Qiux bab mengb dand，

求处猛送。

Qiux chux mengb songx.

出标如见背柳，

Chud bioud rub jianb beid liut，

出处如加背干。

Chud chux rub jiad beid ganb.

内腊得碗拢油，

Neib las deib wanb liongb yub，

猛碗拢号。

Mengb wanb liongb haox.

到公到见，

Daox gongt daox jianb，

到忙到嘎。

Daox mangb daox giax.

烔先公烔公节，

Jongb xiand gongt jongb gongt jieb，

苟照几头。

Ged zhaob jid toub.

几最莎到先头，

Jid zuib sax daox xiand toub，

良木公数公然，

Lial mub gongt sut gongt rab，

苟照几提。

Ged zhaob jid tib.

几最莎到先头，

Jid zuib sad daox xiand toub，

良木公数公然，

Liangb mux gongt sut gongt rab，

几最莎到木汝。

Jid zuix sad daox mub rux.

吃桑如同撒冰，吃叶好以下雪。

爬遍枝丫上面，坐遍枝丫上头。

结茧如同大果，结球密似葡萄。

让人小锅来煮，大锅来热。

得丝得钱，得绸得财。

奉承蚕儿蚕虫，

奉在纸片，完全皆得丰果。

祝得蚕丝蚕绸，

祝在布帛，完全皆得丰足。

36.

炯先打便扛拢，

Jongb xiand dat biat gangb liongb,

打豆白到。

Dat dou beit daox.

扛拢几江几明，

Gangb liongb jid jiangb jiad miongb,

白到几不吉强。

Beid daox jid bub jib jiangx.

拢汉苟得公同，

Liongb hanx goud deib gongt tongb,

你拢没吾没炯。

Nit liongb meib wut meib jiongx.

到汉公数公然，

Daox hanx gongt sut gongt rab,

炯拢没卡没绒。

Jiongx liongb meib kax meib rongb.

你粗帮突够豆，

Bit ud bangx tud goud dout,

炯他帮痛比兵。

Jiongx tax bangx tongb bid biongb.

内西高围见内穷沙，

Neit xit gaob weib jianb neib qiongx shad,

禾忙告瓦加内穷白。

Aot mangb gaob wab jid neib qiongx beid.

内西猛刚崩瓦告苟，

Neit xit mengb gangb bengb wab gaob goud,

禾忙猛刚崩刚比让。

Aot mangb mengb gangb bengb gangb bid rangb.

奉承天降百宝，祝福地生百财。

送来甜甜蜜蜜，赐来成堆成帮。

来那蜂蜜白财，居来有蜜有蜡。

得那蜜财糖财，坐来有浆有力。

居在木桶之中，坐在蜂桶之内。

白天飞出如同下冰，黄昏归巢好似下雪。

整日去采村头花汁，整天去采野外花糖。

37.

那纠拢单，

Nab jiub liongb dand,

那谷拢送。

Nab guob liongb songx.

扛内算内没同，

Gangb neib suand neib meib tongb,

寿牛没得。

Shoux niub meit deib.

德碗拢油，

Deb wanb liongb youb,

猛碗拢号。

Mengb wanb liongb haox.

溶同见内溶干，

Rongl tongb jianb neib rongl gand,

溶得加内溶白。

Rongl deib jiad neib rongl beix.

照棉白棉，

Zhaox mianb beid mianb,

照痛白痛。

Zhaox tongx beid tongx.

产内拿服几娘到见,

Chant neib nal fud jid niangb daox jianb,

吧内拿龙几娘到嘎。

Bax neib nal longb jid niangb daox giax.

九月来到,十月来临。

人们择日取蜜,择吉取糖。

小锅来煮,大锅来熬。

溶汁如同溶冰,溶糖好似溶雪。

装盆满盆,装桶满桶。

千人也喝不完蜜糖,百众也吃不尽白财。

十三、做人格言

1.

剖乜周剖麻汝度,

Pout niuab zhoud pout mab rux dux,

内骂周剖麻汝萨。

Neid max zhoub pout max rux sad.

号松几见苟扛汝,

Hoax songd jid jiant gued gangb rux,

见照包兰弄背瓜。

Jianx zhaob baox lanb longx beid guad.

爷娘留有好的话,父母留下好的歌。

好好把它来记下,记在心中永不落。

2.

出内苟虐戏难吽,

Chud neib goud nud xid nanb hongx,

奶奶腊尼阿柔弄。

Neit neit las nib ad roub nongd.

出汝出加打奶冲,

Chud rux chud jiad dad leit chongx,

走加走汝打奶猛。

Zoub jiad zoub rux dad leit mengb.

做人世间很难做，人人都是一辈子。
做好做差由人做，好丑都是自己留。

3.

内那儿酷兄服夫，

Neib las jid kut xongd fud fud,

崩豆吉汝发白冬。

Bongt dout jid rux fad baib dongt.

那勾儿酷令不不，

Nat goud jid kut longx bub bub,

夫记吉汝从腊浓。

Fud git jid rux congx lax liongx.

崩欧儿酷得首汝，

Bongd oud jid kut deit soud rux,

骂得吉汝加叉林。

Max deit jid rux jiad chuad longb.

日月和谐光阴布，地土和合百类生。
兄弟和谐家业富，朋友和合也长情。
夫妻和谐贵子出，父子和合好家声。

4.

几列吉车亚吉踏，

Jid leib jid cheid yax jib tax,

几抱吉大列嘎藏。

Jid beb jid dax leib gad congt.

嘎忙奶干出嘎岔，

Gad mangb leib ganb chud gad chax,

担意出起几头想。

Dand yit chud kid jid toub xangd.

不要相争又相骂，相拼相斗不可为。
不能气短把气发，总要宽容在心里。

5.

剖内苟虐列吉汝，

Bout neib goud nub leib jib rux,

几酷吉汝阿伞伞。

Jid kut jib rux ad sant sant.

嘎卜内浪麻加度，

Gad pub neib nangd mab jiad dux,

嘎忙苟度卜几偏。

Gad mangb ged dux pub jid pant.

世间的人要相爱，相亲相爱到永远。
莫讲别人的缺点，不要把直讲成歪。

6.

剖内苟虐尼麻炯，

Bout neib ged nub nib mab jongl,

剖埋冬腊尼麻兰。

Bout maib dongt las nib mab land.

埋江喂囊喂江蒙，

Maib jiangb weib nangd weib jiangb mengb,

几酷吉汝出阿块。

Jid kut jib rux chud ad kuant.

我们有缘做乡亲，大家聚会是有缘。
你恩我爱情谊深，相亲相爱做一团。

7.

出内列出起麻汝，

Chud neib leib chud kid mab rux,

出卡列苟起麻单。

Chud kuax leib ged kid mab dand.

卜约列出扛单度,

Pub yod leib chud gangb dand dux,

列出单度达起见。

Leib chud dand dux dab kid jianb.

做人要做心慈善,为人心正不可歪。
讲的话语要兑现,诚实守信不能偏。

8.

几林阿高窝内共,

Jid longb ad gaod aot neib gongx,

列酷阿半得麻休。

Leib kut ad banx deit mab xut.

齐埋浓纵莎林吽,

Qib maib liongb zongb sax longb hongx,

得休得让嘎养酷。

Deit xut deit rangx gad yangb kut.

上辈老人要尊敬,还有爱幼不能丢。
老人对我有深恩,爱幼爱在心里头。

9.

求图扛内汝兄充,

Qub tux gangb neib rux xongx congd,

剖流吾当扛内服。

Peut liub wut dangt gangb neib fub.

度汝内岔阿伞猛,

Dux rux neib chax ad sant mengb,

从汝从浓阿伞不。

Congb rux congb nongx ad sant bub.

植树让人好乘凉，挖井引泉送人喝。
好话过后有人讲，好情人记在心窝。

10.

巧起加写几没汝，

Qiaot qit jiad xied jid meib rux,

加鸟加弄亚巧干。

Jiad niaob jiad longx yax qiaot gaid.

没昂白常蜡达吾，

Meib nangb beib changb las dab wux,

打奶走害腊达千。

Dat leib zoub hanx las dab qiand.

坏心歹意很不好，恶言恶语气头短。
日后会有遭恶报，自遭祸害报应来。

11.

阿汉加起出几到，

Ad hanx jiad qit chud jid daox,

嘎出吉仇亚吉章。

Gad chud jib choux yab jid zhuangb.

图单冬炯腊水告，

Tux dand dongt jiongx las shuit gaob,

没内告图几吼夯。

Meib neib gaob tux jid hout hangb.

恶事总是由心造，莫做混淆乱言行。
大树根深也会倒，到时树倒震山林。

12.

内闹冬豆阿柔挂，

Neib laox dongt dout ad roub guax,

内你冬腊阿吼先。

Neib nit dongt las ad houd xiand.

剖乜囊从毕几加，

Bout yab nangd congb bib jid jiad,

内骂囊从毕几单。

Neid max nongd congb bib jid dand.

人生凡尘一世了，人活世上一息间。

爷娘恩情还不到，父母深恩还不完。

13

嘎忙吉总嘎吉踏，

Gad mangb jid zongd gad jib tax,

嘎忙出汉起麻加。

Gad mangb chud hanx qit mab jiad.

出起几匡照腊挂，

Chud qit jid kangt zhaox las guax,

出写几头照腊达。

Chud xiex jid toub zhaox las dab.

不要相争莫吵架，不要做那心肠短。

心要宽宽容得下，君子肚内扒得船。

14.

休照得善吉克闹，

Xed zhaob deib shant jib kied laox,

休善克闹咱嘎匡。

Xed shant kied laox zad gad kangt.

假白秋录腊列照，

Jiad beib quid lub las leib zhaox,

起写匡拿麻林夯。

Qit xied kangt liab manx longb hangd.

站在高处往下看，站得高才看得远。
傻愚残穷要善待，心胸宽阔可装天。

15.

汝内尼汝阿奶起，

Rux neib nin rux ad leit kid,

出起几匡写几头。

Chud qit jid kangt xied jid toub.

度汝度加洞扛齐，

Dux rux dux jiad dongx gangb qit,

见你吉囊打楼周。

Jianx nit jib niangb dat leut zhoub.

好人是好一个心，心肠容量要放宽。
好话坏话都要听，放在心肠去筛选。

16.

勾冬出养几列洽，

Goud dongt chub yangb jid leib qiax,

吉吽列猛出苟冬。

Jib hongx neib mengb chub goud dongt.

里包休常同如岔，

Lit beub xiut changb tongb rux chax,

汝花汝用阿伞猛。

Rux huat rux yongx ad sant mengb.

工夫做多不要怕，下劲要去多努力。
到头自有收成大，才好享用不吃亏。

17.

空会几洽内苟够，

Kuongt huix jid qiax neid goud giout,

朋出几洽苟冬浓。

Pengt chud jid qiax goud dongt nongd，

出内莎列苦起头，

Chud neib sax leib kud kid toub，

到汝莎且起叉兄。

Daox rux sax quet qit chad xongd.

肯走不怕路途远，想做不怕多艰难。

做人先要苦在前，才有后头福享宽。

18.

阿级腊吾白汝吽，

Ad jib las wut beid rux hongx，

列将列怕亚列周。

Leib jiangx leib pat yax leib zhed.

水出水刚列水兄，

Shuit chud shuit gangd leib shuit xongx，

水告水抱亚水休。

Shuit gaob shuit bex yax shuit xed.

一丘田水满充溢，要放要消又要关。

会做会作会休息，会倒会卧会起来。

19.

产谷囊渣列吉无，

Cant gub nangd cat leib jid wud，

吧汉囊然列几溜。

Bax wanx nangd rab leib jid liub.

能腊汝囊拢腊汝，

Nongb las rux nand longb jid rux，

囊羊汝挂窝柔头。

Nand yab rux guax aob reb toub.

千千聪明要聚汇，万万智慧要吸收。
谋吃谋穿都有利，才能好过一辈子。

20.

出内列共窝起单，

Chud neib leib gongx aot qit danb,

嘎忙出汉窝起巧。

Gad mangb chub hanx aot qit qiaot.

尼内莎江几水反，

Nin neib sax jiangb jid shuit fant,

尼总莎愿久吉草。

Nib zangb sax yanb jiut jib caod.

做人要用直心肠，不起邪念动歪心。
是人敬爱都表扬，大众相爱又相亲。

21.

共腊单囊将腊到，

Gongx las dand nangd jiangx las daox,

共单将到叉起见。

Gongx dand jiangx daox chuad kid jianb.

得耸得萨嘎吉乔，

Deit songt deit sad gad jix jiaox,

下久下虫茶善善。

Xiat jiud xiat chongx cat shaix shaix.

拿得起来放得下，能拿能放才可以。
不讲是非和小话，轻松愉快乐心里。

22.

阿记斗记几没穷，

Ad jit deub jit jid meib qiongx,

阿奶内记几没写。

Ad leit neib jit jid meib xied.

照蒙照喂出麻炯，

Zhaox mengb zhaox weib chud mab jiongb,

几酷吉汝然同白。

Jid kut jib rux ranx tongb beib.

堆堆炉火都有烟，人人都有各性子。

容你容我相亲爱，相亲相爱团结久。

23.

尼锐莎没吾秀首，

Nib ruit sax meib wut xuix soud,

尼光见见没把炯。

Nib guangb jianx jianx meib bad jiongb.

纵会打奶见内苟，

Zongx huix dat leit jianb neib goud,

求补几洽内苟从。

Quix bub jid qiax neib goud congt.

是草都会披露珠，是葱都有根苑发。

地上走多成了路，辛勤上进方可达。

24.

嘎卜内囊麻加度，

Gad pub neib nangd mab jiad dux,

嘎胖内囊得麻猛。

Gad pangd neib nangd deib mab mengt.

卜蒙卜否得麻汝，

Pub mengb pub woud deib mab rux,

内囊麻汝养几浓。

Neib nangd mab rux yangb jid nongb.

不说别人的坏话，不碰他人痛处伤。

专讲别人好处大，他人长处多宣扬。

25.

得耸得萨嘎吉乔，

Deit songt deit sad gad jib qaox,

得仗得萨嘎几藏。

Deit zhuang deit sax gad jid cangt.

克咱麻巧嘎吉绕，

Kied zad mab qiaot gad jib raox,

嘎鸟嘎弄列吉莽。

Gad niaob gad longx leib jib mangd.

是非口嘴不能传，官司口舌不能讲。

别人隐私不可言，祸从口出苦难当。

26.

得豆得斗列扛齐，

Deit dex deit doub leib gangb qit,

吧汉窝求列嘎胖。

Bax hanx aob quib leib gad pangd.

嘎秋内囊冬麻配，

Gad qet neib nangd dongt mab pit,

几列几力岔得想。

Jid leib jid lib chax deib xiangd.

为人脚手要干净，偷盗扒窃不可当。

不占别人的便宜，莫起邪念和歪想。

27.

内踏内标列嘎呕，

Neib dax neib biaot leib gad oud,

麻标麻踏尼沙喂。

Mab biaot mab dax nib shat weib.

几尼否囊否久秀，

Jid nib woub nangd woub juit xioux,

到渣到然汝窝白。

Daox cat daox rax rux aot peid.

人骂人说莫生气，他骂他说是教我。

不是亲人他不理，错误改正才快乐。

28.

卜约列算苟出度，

Pub yod leib suant ged chub dux,

卜挂列出苟扛单。

Pub guax leib chub ged gangb dand.

列共麻单嘎几哭，

Leib gonb mab danb gad jib kud,

几兄苟度将召玩。

Jid xongt geud dux jiangx zhaob wanb.

讲过的话要作数，说过就要做到边。

要讲诚信不可误，不能空话来打点。

29.

号松侯侍剖内骂，

Hoax songd houx sid bout neid max,

阿高内共列几林。

Ad gaod neib gongx leib jid longb.

阿柔侯侍阿柔挂，

Ad roub houb sid ad roub guax,

几腊几上共单蒙。

Jid las jid shangx gongx dand mengb.

小心服侍我父母，所有老人要尊敬。
一代服侍一代苦，不久又老到我们。

30.

出内交夫阿吼弄，
Chud neib jiaot fut ab houd longx,
再列扛齐欧齐斗。
Zaix leib gangb qit out qib doub.
加度加树嘎卜兵，
Jiad dux jiad shux gad pub bongb,
咱内麻汝列嘎头。
Zad neib mab rux leib gad toub.

做人小心一张嘴，还有双手要干净。
不讲恶言和非语，见人财物不起心。

31.

卜挂囊度列几见，
Pub gax nangd dux leib jid jiant,
出挂几见几常想。
Chud gax jid jiant jib changb xiangd.
包召阿汉麻几偏，
Baod zhaob ab hanx mab jid pant,
囊羊叉见窝内章。
Nangd yangb chad jianb aob neib zhangb.

说过的话记心间，做过错事要回想。
改掉不良坏习惯，这样才能成栋梁。

32.

窝渣窝然列吉无，
Aot cat aob rab neib jid wud,

汝萨汝度列几见。
Rux sad rux dux leib jid jiant.
苟追达起出到汝,
Goud zhuix dab kid chub daox rux,
出汝闹猛汝阿伞。
Chud rux laox mengb rux ad sant.

聪明才智要积累,好的学问记心怀。
过后才有大作为,发达兴旺到久远。

33.

出内冬豆列吉瓦,
Chud neib dongt dout leib jib ngab,
窝埋明当自休豆。
Aot maib mongb dangx zit xed det.
斩劲列猛出伞茶,
Zant guongt leib mengb chud sant zax,
出令汝猛挂得柔。
Chud longx rux mengb gax deib reb.

人到世间要勤奋,黎明即起干活来。
努力生产求长进,创造财富得美满。

后 记

　　笔者在本家 32 代祖传的丰厚资料的基础上，通过 50 多年来对湖南、贵州、四川、湖北、重庆等五省市及周边各地苗族巴代文化资料挖掘、搜集、整理和译注，最终完成了这套《湘西苗族民间传统文化丛书》。

　　本套丛书共 7 大类 76 本 2500 多万字及 4000 余幅仪式彩图，这在学术界可谓鸿篇巨制。如此成就的取得，除了本宗本祖、本家本人、本师本徒、本亲本眷之人力、财力、物力的投入外，还离不开政界、学术界以及其他社会各界热爱苗族文化的仁人志士的大力支持。首先，要感谢湖南省民族宗教事务委员会、湘西州政府、湘西州人大、湘西州政协、湘西州文化旅游广电局、花垣县委、花垣县民族宗教事务和旅游文化广电新闻出版局、吉首大学历史文化学院、吉首大学音乐舞蹈学院、湖南省社科联等各级领导和有关工作人员的大力支持；其次，要感谢中南大学出版社积极申报国家出版基金，使本套丛书顺利出版；再次，要感谢整套丛书的苗文录入者石国慧、石国福先生以及龙银兰、王小丽、龙春燕、石金津女士；最后，还要感谢苗族文化研究者、爱好者的大力推崇。他们的支持与鼓励，将为苗族巴代文化迈入新时代打下牢固的基础、搭建良好的平台；他们的功绩，将铭刻于苗族文化发展的里程碑，将载入史册。《湘西苗族民间传统文化丛书》会记住他们，苗族文化阵营会记住他们，苗族的文明史会记住他们，苗族的子子孙孙也会永远记住他们。

浩浩宇宙，莽莽苍穹，茫茫大地，悠悠岁月，古往今来，曾有我者，一闪而过，何失何得？我们匆匆忙忙地从苍穹走来，还将促促急急地回到碧落去，当下只不过是到人世间这个驿站小驻一下。人生虽然只是一闪而过，但我们总该为这个驿站做点什么或留点什么，瞬间的灵光，留下这一丝丝印记，那是供人们记忆的，最后还是得从容地走，而且要走得自然、安详、果断和干脆，消失得无影无踪……

编 者

2020 年 11 月

图集

古红歌之唱慰客(周建华摄)

古红歌之唱陪客(周建华摄)

古红歌之互谢（周建华摄）

古红歌之迎接舅爷进门（周建华摄）

图书在版编目(CIP)数据

古红歌／石寿贵编. —长沙：中南大学出版社，
2020.12

（湘西苗族民间传统文化丛书. 二）

ISBN 978-7-5487-4188-6

Ⅰ.①古… Ⅱ.①石… Ⅲ.①苗族—民歌—作品集—
中国—古代 Ⅳ.①I276.291.6

中国版本图书馆 CIP 数据核字(2020)第 182108 号

古红歌
GUHONGGE

石寿贵　编

□责任编辑	刘　莉	
□责任印制	易红卫	
□出版发行	中南大学出版社	
	社址：长沙市麓山南路	邮编：410083
	发行科电话：0731-88876770	传真：0731-88710482
□印　　装	湖南省众鑫印务有限公司	

□开　　本　710 mm×1000 mm 1/16　□印张 19.5　□字数 450 千字　□插页 2

□互联网+图书　二维码内容　音频 2 小时 17 分钟 38 秒

□版　　次　2020 年 12 月第 1 版　□2020 年 12 月第 1 次印刷

□书　　号　ISBN 978-7-5487-4188-6

□定　　价　195.00 元

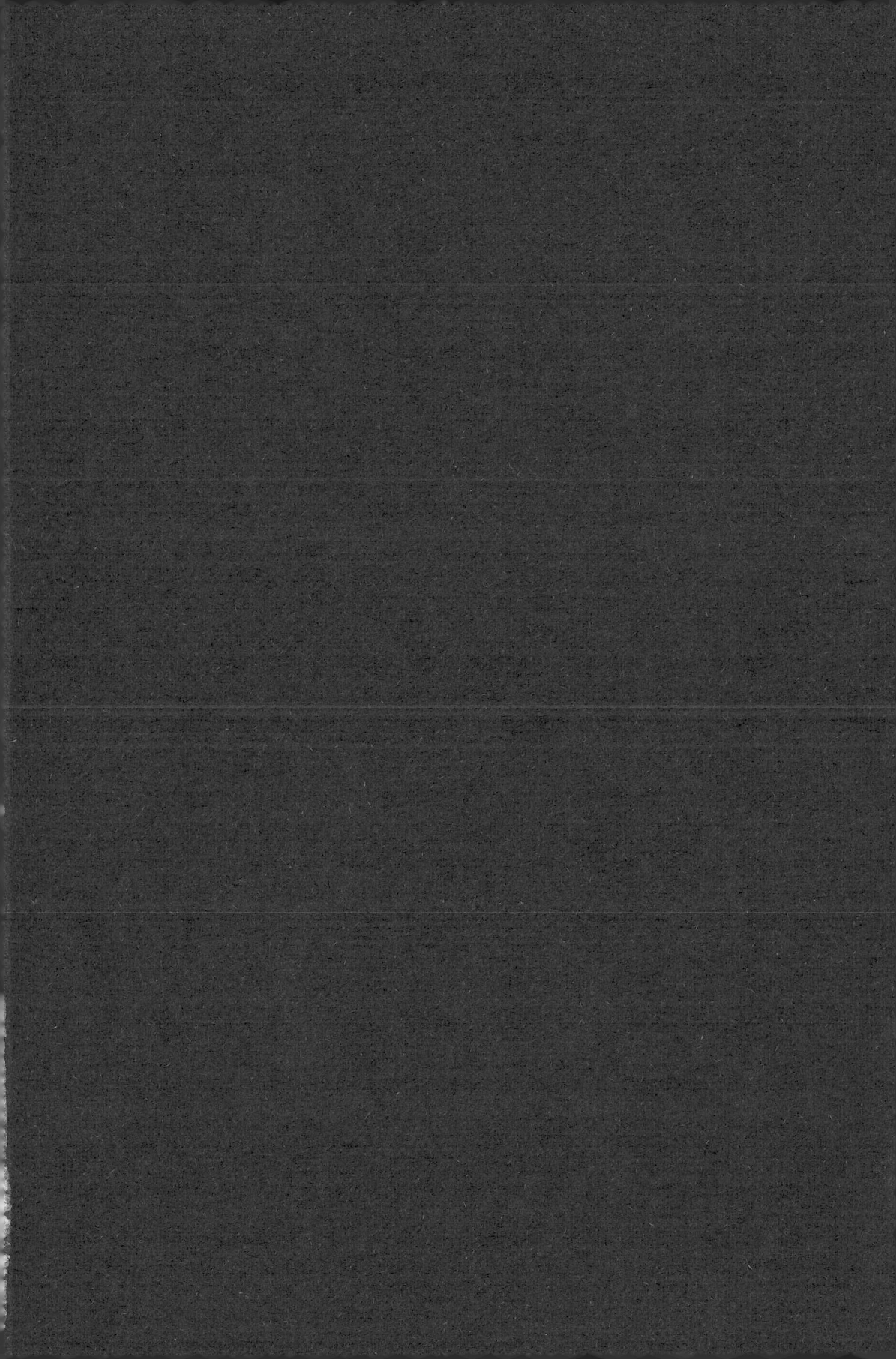